梁亦夫诗词

閒趣春之水

梁亦夫／著

作家出版社

作者简介

梁亦夫，男，1952年10月15日出生，大学研究生学历。笔名梁谷，早期从事新闻、经济管理，现为资深信息安全技术专家。

著有《电子政府安全导论》30万字。出版并收藏我国唯一幸存、具有完全版权的皇家秘藏巨帙《清抄绘图描金银三国志演义》三十九卷。爱好文学、国学与诗词，承续古体诗词当为今用。

清澜盈山

寒花助葱

双鱼出海

爷孙乐

我的诗，

如放声林野的牧歌；

送给友人，

是飘转山外而回的欢乐。

亦夫举觞寄题

词鉴意释石辞

诗阅诗禅金易

超以象外，得其圜中

——浅谈梁亦夫先生的古体诗

文＼程树榛

我同青汶先生是推诚相与的朋友。上个月，青汶突然来北京登门造访，说他有位好朋友要出诗集，让我为之写上三言两语。

青汶介绍说：诗作者梁亦夫先生，是位信息科学家，更是位博学通儒之士。此公一生做了许多别人没有做过，甚至根本没有想过的事情。他随即列举了几件事，都是我辈所经历过，也是深受广大人民群众拥戴的。想不到那些建议，竟是他第一个提出，被中央采纳，并从上到下贯彻始终，威重令行。

肃然起敬之下，我翻开了梁先生的诗作，六十四首古体诗词，整齐排列在洁白的稿纸上。依次读过几首，确实感到出手不凡。老实说，对古诗词，我曾经执迷过，但谈不上潜心跬步、猛著先鞭，只能说是幼而学、壮而习罢了。

众所周知，古诗词不同于现代诗，它有许多严格的要求，没有一定的古典文学基础，想跨进那道门槛是很难的。古诗词注重的是意境、韵律、平仄、节奏、对仗……为此，要学好写好，必须“循规蹈矩”，绝不能有稍许的随意与偏离。

毛泽东是当代伟人，他的古诗词是革命现实主义与革命浪漫主义结合的一绝，但他老人家是非经过之后，知其甚难学习，也甚难掌握，因此不鼓励年轻人去跨不是单纯通过努力就可以跨过的那道高高的门槛。所以几十年来，在神州大地上，再也没出现过像李白、杜甫、白居易那样伟大的诗人。尽管也有一些文人墨客茶余酒后，兴之所至，写上一首，但那多属附庸风雅之所为，细细推敲，与古诗词的要求相差很远。

梁亦夫先生的六十四首古诗词，无论是意境、韵律、平仄、节奏、对仗都十分严谨，合乎古诗词的规律和要求；作为今人，用古体诗词书写现代，更是难能可贵。梁先生在研究古诗词上下的功夫，可谓是“没有几番冰彻骨，哪得梅花傲雪开”。

诗并不能把漫无边际的浑然整体抄袭过来，或者像柏拉图所说的，模仿过来。诗，对于人生世相必有取舍必有剪裁；有取舍有剪裁就必有创造，必有作者的性格和情趣的浸润渗透。诗必有所本，本于自然；亦必有所创，创为艺术。自然与艺术的媾和，乃在实际的人生世相之上，另建立一个宇宙，正犹如织丝缕为锦绣，凿顽石为雕刻。非全是空中楼阁，亦非全是依样画葫芦。诗与实际人生世相之关系，好处唯在不即不离。唯其“不离”，所以有真实感；唯其“不即”，所以新鲜有趣。超以象外，得其圜中，二者缺一不可。

梁先生的每一首诗，都自成一种境界，犹如一幅幅画面，很鲜活、很生动地呈现于读者眼前。例如那首《司春女神会知》：

花海连天雯连穹，
人醉花海花醉风。
回狂燃竹忆童年，
最喜烟花夜摇红。

寥寥四句，意境悠远，画面鲜活，闭上眼睛便可体察到那无比生动的景象，你甚至感觉可以触摸到。又如《五律二首·天台梦倩》：

一

刘阮天台山，

迷花醉管弦。
冥空如溥镜，
青鸟翥松间。
桃坞从容入，
魂飞梦已阑。
怡然和鹊唱，
茅舍衎欢颜。

二

感企怀先古，
芳菲竞娆妍。
石阖隔万代，
仙女乃当年。
遥假汀淑媛，
如歌叹玉环。
盼伊恬眷眷，
了我此生缘。

这两首诗的意境和画面，绚丽多彩，都是从悠久而流动的人生世相中，摄取来的瞬间意象。艺术灌注了生命的它，它便成为终古，诗人在一刹那间所心领神会的，便获得一种超时间性的生命，使当下和后世人能不断的去心领神会。

谈到诗的境界，无论是欣赏或是创造，都必须能够体验到一种美的神韵。这里，“见”字最重要。诗的境界是用“直觉”见出来的。它是“直觉的知”的内容，而不是“名理的知”的内容。比如读梁先生的《沁园春·观海为友人赋》：

双凤溪湾，
翠峪横绵，
栩柚蕙香。
泛瀛瑄覆昊，
雯纠佾荡；
鳞凝白月，
绛曜泫阳。
燕鸫喈喈，
鸿鹄庚碧，
鹍鹳翚翍蓦拊冈。
雷霆吼，
揽飞涛吞岸，
雪卷云狂。

落霞倚罥八荒，
更霰乱飂玄黯瀇洋。
见层帆蝶影，
蹭簸蹑峤；
雰崖断霭，
旻裂嘣玱。
骤雨吽噶，
大潮转向，
岛屿湃澴陆沕江。
澥空浮，
正天罡烜熠，
银海渔乡。

你必须有在一顷刻间，把诗所写的情境转成一幅鲜活画卷，或是一幕生动的交响乐曲，笼罩住你的意识全部，使你聚精会神地观赏它，品味它，以至它以外的一切都暂时忘去。此时，诗的意境必了然于心，凌越世俗而起豪迈气概。

这并非否认思考和联想对于诗的重要。做诗和读诗，必起思考，必起联想；思考愈周密，诗的境界愈深刻；联想愈丰富，诗的境界愈美备。但是，在思考诗的情境时，你的心思在旁驰博骛，决不能同时直觉到完整的诗境界，直觉的特色尤在凝神专注。专注之中，豁然贯通，诗的意境于是灵光一闪似的突然出现在眼前。这种现象，通常称为“灵感”。灵感，是直觉，原谓意象形成，即禅家所谓的“悟”。

诗的境界，如果不能在直觉中形成一个独立具足意象，那就还没有完整的形象，就还不成为诗的意境。一首诗，如果还有芜杂或虚空的毛病，就不能算是好诗。古典派学者向来主张艺术须有“整一”，实在有一个至理嵌在里面，就是要使诗在读者心中成为一个完整独立的形象意境，而流传千古。

梁先生的诗注意了由悟而慧的诗意境，解释了意象与情趣的契合；进入了诗的最高境界。

梁先生的这几十首古体诗词，都是他苦心孤诣的构思，加上超人的悟性，潜心求索换得来的。现在他正值盛年，相信在此基础上，他一定会创造出更多更上乘的古文化大餐，以飨读者。

我们欣然以待。

（原人民文学主编　著名作家）

斯天心文骨，我甚喜

文\朱仁民

诗人梁亦夫谓："我的诗，你的魂。握住我的手，就如抓住你的心。"

亦夫的诗，是智慧的行者。她，让你领略气象万千的山色水韵、奇葩古刹的同时，能够从中感觉到晨风沐浴的清爽、淡定致远的宁静和缓款而至的慰抚。每首诗，都如一幅画，都似一个禅语；或观明妙智，显现理哲至白；或心夺造化，穿透时空，至情激发人性的共爱。因其别具一格的才情与深邃，每次吟读，都有不同的感悟与憧憬，也常有不尽相同的体会与诠释。

读罢亦夫《闻起春之水》六十四首古诗词，以及其附的诗意、禅释后，我游走的心神仿佛回到盛唐中国的瑰丽时代；一种畅怀古今的情思，让我缠绵其中，欲罢不能。

亦夫说："心灵之美，才是灵魂之所属。""古诗词，可以很好反映当代与现代；会给人带来灵感与快乐。"有位读者撰文说："梁亦夫诗词，使自己的生命在宁静中矫正了身形；让自己的血液，在宁静的抚慰中勃发出真情。使自己更像自己，也促使自己升华成为一个崭新的自己。"

世界需要宁静的、人文的、心灵的共生与和谐。

在东方传统文化发展的十字路口，梁亦夫以古诗词的特有魅力，燃起现代思想情感的火炬，让我们看到承继光大中华文化的璀璨前景，而且可以预见伟大东方文化复兴时代的到来。

为了给疏远古诗词的人们以重新的认识、理解，亦夫《闻起春之水》六十四首古诗词，多配以现代诗、散文或禅释，进行分层次剖析，“生字”加注音。既昭彰诗从四言至五言，五、七言，五、七律，五、七绝延续汉唐的历史传承，又清晰了水到渠成发展的必然。这也是文化由普及到提高的经由之路。

中华古诗词的形式与技巧，多半来自民歌。比如，亦夫《情愫篇·七绝二首·陇上花儿会》，诗曰：

一

凝香艳露月光里，
一片飞花一片雨。
地暖识得幓柳面，
飞花一季春心怡。

二

莲花蒌对莲花心，
花飞笼雨竟香轮。
荷号烛明绛点红，
片片花飞片片魂。

而陇上花儿会的诗意，亦夫用民歌加以诠译。民歌唱到：

我心隐对莲花台，
山上花儿歌对白。
哥望月亮弯弯水，
妹唱情歌郎来猜。

一

一朵莲花透水开，妹笑蜻蜓尽浮采；

轻轻点水一吻过，哥要采莲下水来。

二

出水芹菜一根苔，苇塘鲤鱼鳃打鳃；

太公无钩空垂钓，窄埂骑牛（你）慢慢来。

三

莲花绽蓬向天开，哥是夏雨滋露来；

左手抛开哥的伞，右手把妹揽入怀。

四

莲籽好吃不分皮，情窦不用钥匙开；

莲蓬是妹一心锁，有哥钥匙自打开。

五

秋雨霜雪勿要来，路上脚印两行开；

枯荷蓬梗丝不断，反穿蒲鞋倒着踩。

六

哥真黄檀刨心汉，妹亦紫藤伴你来；

树高藤长绕密密，树老藤枯拆不开。

七绝，写的美伦，规范，高雅；

民歌，写的奔放，自由，潇洒。

正可谓：文呈春秋，联贯回护，各有所宜。

复读梁亦夫诗词集《闻起春之水》，独其情怀，而得雅趣；仿佛人世间万千露珠梦幻，映射出人性的今韵古风；而静寂中呈现的维灵真我，仍是东方人生观的新意象表述。这是诗人用生命融入天地自然感悟，对素朴人性与绮丽人生的妙明吟诵；是诗人睿智平和的天赋，关爱众生共同取向的真情，滤光审视纷繁世界，洒洒演绎人与性、神与灵、宗教与文学的真实。其诗语精警夺目，简炼婉约，非心歌曲不能于此。

她，空灵纯粹，包容宽大，宛如海蓝般深沉，而显现的是生命的执着、热烈、奔恣，以及升华过程中对丑陋、虚伪、矫情、庸俗、病态的撞击。

如斯天心文骨，我甚喜。

文化，是公器；诗，寓理其中，最为善。

发展的历史有美感，我们都有诗。

我期待亦夫接着出版第二本、第三本诗词专集。

盛世为诗，歌以美之。

不为颂。

（意大利维罗纳朱仁民艺术馆、上海世博朱仁民艺术馆、浙江大学朱仁民艺术馆馆长、朱仁民国际生态艺术奖主席、意大利国家国际美术家协会名誉主席）

目录

情愫篇

荇彼篇

游怡篇

惟怀篇

趾止篇

陇上篇

偶憬篇

星梦篇

情愫篇

情叙何为生命

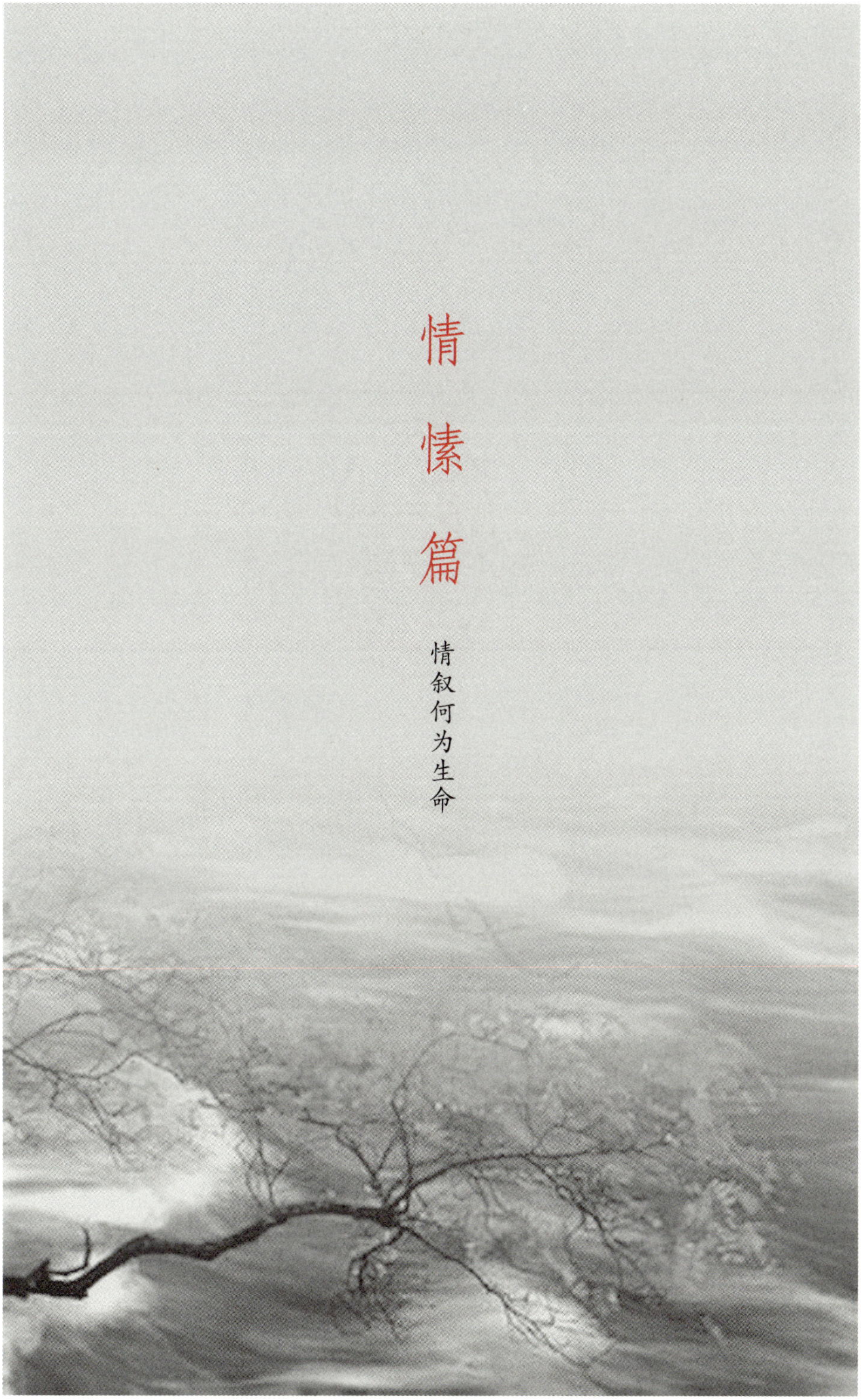

水酒同醉

七言·司春女神会知

清水怎样变酒？英国桂冠诗人克拉篇回答：“温柔的水女神，看到了主基督，于是羞红了脸。”东方司春神听了，高兴地呼啸着满天爆竹，她说：“嫣然天地，是爱的思念在绽放。”

花海连天雯连穹，
人醉花海花醉风。
回狂燃竹忆童年，
最喜烟花夜摇红。

庚辰·除夕迎春

最喜烟花夜摇红

【注】

司春神：女夷，主春夏长养之神、花神。《淮南子·天文训》：“女夷鼓歌以司天和，以长百谷禽鸟草木。”

雯：云彩。云成章曰雯。传说五彩云霞，是女娲补天的五色石变幻。

竹：爆竹，也叫“爆仗”“鞭炮”。

烟花：烟光影色，时指除夕迎春的烟花景色。也指春天艳丽景色。李白：“故人西辞黄鹤楼，烟花三月下扬州。”

【阅鉴】

春雷响，
那是智慧的光芒。
雨，
下了思念的长线，
要为你点亮一路的花粉飘香。
笋破茧，
冒出了地面，
那是对生命的渴望；
褪掉了衣裳，
那是为亭亭昂立的向往……

司春女神来了，
踏鲜花海洋。
醉人的风，年轻的梦。

满天烟花，白昼黑夜；
同样朝气蓬勃，灿烂辉煌。

【诗意】

情 起

一

请告诉我，
春的来历。
那是爱的嘴唇，
亲吻了天地。
从太空行星兹胎，
地球生物元起；
海中珊瑚蕴育，
生命万灵春情绽放；
都这烟花般迷人、灿烂、绚丽。
呵，
那是永怀的欢喜。
一生一世，
以生死相许；
永被诱惑的荣幸啊，
是激情奔放，美丽的你！

二

相对你，
我燃起，
一缕穿透时空的心香；
怀抱，缤纷斑斓的火光。
情思，
芳手！
只为你心花绽放。
把黑夜，
绘成桃花暖醉，海棠红妆。
牡丹，争艳玫瑰；
芙蓉，郁金，映菊黄。
轰隆隆，电闪雷鸣；
百花依空竞幻象。
春心天开，雯虹贯带；
花笑树乐，
天姿艳色风流，倾泻如瀑；
一路火树，姹倚垂杨。
七彩高歌，
咏颂呵，欢唱。
人类，万灵，共同圣诞！
燃烧吧，

生命的春天，璀璨辉煌。

三

曙色，空寂；
星辰，退逝。
路在延伸，
满地碎英，
朦胧夜色里赤裸的美丽，
在这里，露泽，沐浴。
晨风，
撩起丝丝香韵；
花萼，
悄然冲泥。
美，烙入了，
心中永恒的思忆。
如花似锦天，
似锦如花地；
爱的歌，
春的信息。

【禅释】

司春神最解“因情生色”；着情时，水与酒同醉。

尽情放歌春心，何止为百花齐绽?!

七绝二首·陇上花儿会

一

凝香艳露月光里，
一片飞花一片雨。
地暖识得幓(shān)柳面，
飞花一季春心怡。

二

莲花薆(ài)对莲花心，
花飞笼雨竟香轮。
荷号烛明绛点红，
片片花飞片片魂。

癸末·六月·陇上

香轮

【注】

花儿会：甘肃临潭县莲花山，每逢农历六月传统“花儿”盛会期间，各地游客与歌手共云集，也是男女青年抒情谈爱的场所，情歌甜曲，行吟畅乐，热闹空前。

幓：旌旗的旒，引申为柔美貌。

薆：隐蔽；遮盖貌。

烛：荷花如烛，时指荷花。

【阅鉴】

诗写莲花山男女对歌花儿会。

首句是即景生情的白描，接着转笔跌出正意，男女两情相悦，互诉心迹。花飞一季“春乐意”，率言青春无悔。一花一雨，片花片魂，联贯回护，尽其对白之胜。

【辅】

花儿的歌

我心隐对莲花台，
山上花儿歌对白。
哥望月亮弯弯水，
妹唱情歌郎来猜。

一

一朵莲花透水开，妹笑蜻蜓尽浮采；
轻轻点水一吻过，哥要采莲下水来。

二

出水芹菜一根苔，苇塘鲤鱼鳃打鳃；
太公无钩空垂钓，窄埂骑牛（你）慢慢来。

三

莲花绽蓬向天开，哥是夏雨滋露来；
左手抛开哥的伞，右手把妹揽入怀。

四

莲籽好吃不分皮，情窦不用钥匙开；
莲蓬是妹一心锁，有哥钥匙自打开。

五

秋雨霜雪勿要来，路上脚印两行开；
枯荷蓬梗丝不断，反穿蒲鞋倒着踩。

六

哥真黄檀刨心汉，妹亦紫藤伴你来；
树高藤长绕密密，树老藤枯拆不开。

【禅释】

花若有语花解雨，花若无雨花枯姿。

一茎花梦

七绝三首·迷雪信宿怀仙才

一

雪絮迷天簝舍还，
醅酏烟灶慰君言。
柴扉不闭迎青鸟，
梅影疏斜向露溥。

二

雪海鳞波蓝水远，
人乘山艇两峰间。
青灯吐蕊通明旦，
犹恐相逢是宿缘。

三

雪霁彤云百嶂岚，
晴于岭外万丛山。
程途两日一瞥返，
回首山阶印弯弯。

辛巳冬日·北京·艽野

一 剥　山附于地，上以厚下，利安宅。

二 晋　地上有火，顺而丽乎，明吉。

三 屯　婚和屯积，刚柔始交而难生。

燕山雪如席

【注】

信宿：连宿两夜。再宿曰信。

篆：小竹。时指以篆命名的山舍。

醅：未滤的酒。

酏：酿酒的薄粥。

沣：露多貌。零露沣兮。

山艇：时指雪夜，风掀雪浪，山如艇船，行驶岈间。

艽野：远郊，荒野。时指京郊的“沟崖”与“铁壁银山”，位于明十三陵旅游区内。诗人游此地而迷雪。

【阅鉴】

诗写京郊迷雪

茅舍迷道雪絮天，
灶火煮酒慰君言；
柴扉不闭迎青鸟，
梅影疏斜舞人前。

诗人颂咏的爱情，在迷茫与温暖的包容中，春暖花开。

产生心灵最深处一次一世的爱，是享受春天，无意于结果。

这是回首爱最至真的路途。

诗中“艇”“晴”“山”虚境的更多内涵，是让读者于欣赏中，想象补充风情浸透“香闺”“深谷”的浪漫。

山阶苍茫，脚印弯弯，回味无穷。

三首七绝，一气呵成；一体贯联，含蓄隽永。

【诗意】

情　迷

是那种环境？意外地邂逅？
怎么回忆，都觉得俏丽独卓。
那剔透的光，
与世隔绝的洒脱；
超然的陌生，
褪尽浮华的清越，
竟然神奇般唤起爱欲。
迷惘、冷漠，
芳艳、姣柔；
全在心跳间滑落。

呵，
为爱等候，真爱自我！

今夕，谁个最美？
燕山远郊夜雪。
蓝波，篝火；
漫天乱飞的絮，
把鸿沟填平，
山谷逾越。
琴瑟细语那朔风的碎柔，
是大地吟诵，
回眸矊（mián）矊的笑，
共恋着迷雪的幸福。

彤霞、银谷，
酒红色碰撞，
混了晨岚五彩幽默。
勒出的光泽，
美丽哀愁得不可方物。
一脉青山空远念，
鸟儿啾啁；
为情所困的人，
最慕自由，
更喜这莫名的解脱。

【禅释】

梅花质松柏，傲雪曲自若；万树寒无色，空山自清越。

燕山雪花大如席，横吹鼓角五十曲。

七绝·断桥秋雨

霭霭柳荫无风鸣，
雨霏水淞雾关晴。
同忿（xī）共伞簦（dēng）干后，
多几断桥贞性人。

戊寅季秋·南屏朔望

一干通天

【注】

霭霭：雨中轻烟貌。

霏：雨雪盛貌。

水凇：霜雾昏暗貌。

念：犹合。

簦：有柄的笠，类后世的雨伞。簦干后：指无风雨的日子。

贞：白素贞。

【阅鉴】

断桥秋雨，支伞同云。

诗写断桥，霭霭柳荫，濛濛雾凇，忽晴忽雨，伞开伞收。忆诉白素贞那场爱情，伤怀千秋，痛了代代人。

借断桥秋雨之景，谴责“天晴”即忘了风雨“同簦”的无情人，以赞叹白素贞千年不变的爱情，是断桥昨天今天明天永远的灵魂，而诗人“多几”的反问，却是对人性感触后一种无可奈何的伤怀，更衬出对忠贞爱情的追慕与向往。

断桥名断，乃心断、魂断。

【诗意】

情　断

断桥，那场秋雨，

摇响凄迷。

“晴开伞收”，

何必恋那远去？
不！
那是心的所依。

天下男女，
有几人能似白素贞，
千年不变心，
万难不离弃?!
呵，
断桥这场雨，
摇响了凄迷，
诉说着人性的真谛！

世颂断桥、长桥，
是心放飞了，
那根线的希冀。

【禅释】

爱情，如雨丝缠绵翻动心间，上下撚拨情弦；
雨丝，似珠帘垂花跳跃湖面，呼唤七彩归来；
秋雨，可是断桥思念的归属？残雪年年如新。

【辅】

七绝·仳(pǐ)离何为

瞏(qióng)瞏酹酒祭天西，
迢迢愁归曲径迷。
泠泠飔(sī)风吹泪晞(xī)，
瞻瞻梦会复别离。

壬午孟冬·京城

【注】

长桥：梁山伯祝英台，长桥十八相送，是谓长桥不长，然爱长情长。

仳离：别离。

瞏：无依貌。

晞：干。

空礐音阿

七绝·郁叹

郁郁楚心孰以治？

古今同慢少相知。

脱丝恋髻萧蚕梦，

藕断丝牵蒻(ruò)碎时。

己未·孟春

藕断丝牵蒻碎时

【注】

幔：帐幕。北朝婚礼，青布幔为屋。

萧蚕：一种野蚕。《尔雅·释虫》：“蚢，萧蚕。”

蒻：荷茎入泥的白色部分，俗名藕鞭。

【阅鉴】

我心郁郁何所思？
古今同衾少相知；
脱丝恋髻春蚕梦，
藕断丝牵粉碎时。

人性，以摄魄其心；惑可为美，美胜情色。

这是东方情叹的独白！叹诗人性情中人，借诗语义双关，一问一答：“萧蚕吐丝”，作茧“自缚”；“藕断丝牵”，其蒻已碎。

这跨越古今忧叹了数千年的无解之“郁”，何由郁？又何由不郁？

东方女性特有的迷茫，撼动了人性自身的脆弱吗？

诗曰：同床未必相知，相知未必同床。

不惧生死的诱惑力和摄人心魄的真实感，会牵着你不懈地寻找，用心寻找那狂喜的时刻，找到即是真。“蒻碎”，心也甘。

【诗意】

情 叹

放下所有他念，
倾情投入撩人美丽的惊艳；
纯情性感，
大饼馒头蘸着米饭。
几度向往，几度诱惑？
曾经的情感润漫；
怡然时心亦狂乱。
叹时光了了华年，
未改爱的徘徊纠缠；
红楼情，蝴蝶梦，
怎一个郁字，了了恁叹！！

【禅释】

尽结三千烦恼丝，犹不能解世间愁。
蝴蝶脱茧，茧是身体，茧脱体亡，神识犹在。
三生有缘，缘尽而后情了。

荇彼篇

荇彼于心　极雲藹

荇彼云爾

五律二首·天台梦倩

载汉刘晨、阮肇入天台桃溪，遇二仙女，留半年还，问讯者为七世孙。

这幻花醉人故事，萦我循溪寻仙。夭夭九曲锦屏，落红满径；蓁蓁帘瀑镜潭，英笼流霞。爰(yuán)处爰居，青鸟颉颃(xié háng)；水转山迭，迷而往返；爰得我所？燕尔雍雍；淑音也惄(nì)，嗟我永怀。

一

刘阮天台山，
迷花醉管弦。
冥空如溥(pǔ)镜，
青鸟翥(zhù)松间。
桃坞从容入，
魂飞梦已阑。
怡然和鹊唱，
茅舍衎(kàn)欢颜。

二

感企怀先古，

芳菲竞娆妍。

石阖隔万代，

仙女乃当年。

遥假（jiā）汀淑媛，

如歌叹玉环。

盼伊佸（huó）眷眷，

了我此生缘。

丙子处暑八日

遥假汀淑媛

【注】

天台：天台山，位于浙江天台县境内，以“佛宗道源”“山岳神秀”名世。

爰：在哪里，于何。爰居爰处：住在哪儿停何方。

颉颃：鸟飞上飞下貌。

爰得我所：这是我的安身之所吗。

雍雍：鸟和鸣声。

惄：因思念发愁。

迷花：花香七世醉刘阮。

管弦：舞鸾歌凤貌。孙绰《游天台山赋》：“觌翔鸾之裔裔，听鸣凤之嗈嗈。”

溥：广大。溥镜：云和草色迥无尘的明镜天空。

青鸟：神鸟，传信的仙鸟。李商隐《无题》诗：“蓬山此去无多路，青鸟殷勤为探看。”

翥松间：鸟翔林迷貌。

桃坞：桃花迴流的地方，时指桃源入口处。

魂飞梦阑：魂，南朝诗人谢灵运游山之魂；梦，唐代诗人李白《梦游天姥吟留别》。阑：残；晚。时指谢、李二圣，未竟桃源。

衎：乐。

假：嘉，美；赞美。

汀淑媛：桃溪江渚上的美人。

佸：相会。佸眷眷：眷眷相会。

【阅鉴】

多情处总有山水胜地，

流连间何少琴棋音韵。

《天台梦倩》，借典抒情，将人情事处处入目，事事交融，是心之感应而寄情刘阮之天台。

现实人，生欲必备柴米油盐，物欲必思权重财贵，而我欲者能了此生缘且趣然心外，诚可放怡自然之天台山，而美极彼天台之淑媛。

【诗意】

寻觅，粉红色的花

猎艳，心花怒放。
整个山谷弥漫熟透了的浓浓草香。
幽幽九曲锦屏，落红满径；
那花瓣，顺山涧秋水，
星星闪闪，追流逐浪。
自由，翩舞，飞翔。
燕儿，青鸟，雍雍和鸣，曼咏长讴：
这是李白梦游未竟之所，
这是谢灵运魂飞不到之地，
这里是花香七世醉刘阮的桃源天堂。
这里的茅舍会唱歌，
这里的花卉永妍芳；
这里的绿色迥无尘，
这是灵修情韵丰奕的地方。
啊，

我醉寻烟波千万里，
岫峰莲岭云渡山；
今始见：
桃溪江渚多美人，
石阖仙女竞娆妍。
我呼唤：请来相会，
带着胡麻，鹊鴓（miè）关关。
还有粉红色那最性感的花。
我以此为信。
寻觅我的至爱，
心中桂冠。

【注】

胡麻：桃源仙女赠予刘阮的胡麻饭，时谓情物。

【禅释】

若能拨开迷雾，心中宁贴美丽，展眼望去，汀上白沙，鹤舞云飞，悠然徜徉。

七绝·桃源

屏山翠色凌云窟，
希夷信宿峰亦殊。
曲涧龙游石走迷，
芬芳䜌(mǎn)世遗桃坞。

丁亥·初春

石走迷

【注】

桃源：位于浙江天台县城北15公里的桃溪，传为刘、阮遇仙之地。

希夷：世称睡仙，宋代高道陈抟的字。

石走迷：桃源“石峡之内，复有石峡；瀑布之上，更悬瀑布；洞邻相连，藤垂相通；水转山叠，迷而忘返”，名“石走迷”。

罾：被；蒙。

【阅鉴】

桃源神话几千年。

诗人另辟蹊径，从“翠色屏山”“凌云洞窟”，寻访睡仙入手，铺叙桃源峰谷神奇。嗣写桃源“峰殊”“曲涧”“龙游”“走迷”的幽秘。最后发出议论：桃源如此瑰丽，那得不忘乎身外的一切?！不是仙女芳遗，真不能有如此妙域景地。

芬芳罾世，是对桃源之美的向往、赞叹！

【辅】

要吃樱桃哥上山

高高低低树，
错错落落坎，
要吃樱桃哥上山。

一

一脚低来一脚高，
小妹妮掮（qián）打樱桃。
高来难踮脚，
低来难弓腰；
妹要郎哥托把腰，
风起罗裙飘；
妹嘴亲郎吃樱桃，
樱桃只只红夭夭。

二

一脚低来一脚高，
小妹妮扭打樱桃。

高来难踮脚，
低来难弓腰；
妹要郎哥托把腰，
风吹罗裙摇；
妹嘴亲郎吃樱桃，
飘烟抱月一柳腰。

三

一脚低来一脚高，
小妹妮搷(tián)打樱桃。
高来难踮脚，
低来难弓腰；
妹要郎哥托把腰，
风忽罗裙撩；
妹嘴亲郎吃樱桃，
惟觉心醉是年少。

【注】

掮：用肩膀扛着东西。

搷：急击。

【禅释】

翠幕花遮径，桃源同人心。

七言·桃坞咏

碧溪桃花鱼上川，
云低到乡欲何还？
拨撩春思与谁诉？
无予麻饭景空山。

戊子·盛春

彼薾乐何

【注】

桃坞：桃溪水坞。其溪，随山曲涧双旋；五步一峰转，十步一峰变；重重天堑形，幅幅屏风面；峰回遽隐合，路转青红现，又名“迷仙坞”。

麻饭：桃溪仙女赠刘、阮的食物，时指情物。

景空山：指不见桃溪仙女，景在山空。

【阅鉴】

首两句写景：碧溪、桃花、川鱼，春光正艳。低云，承合春景，引出仙女应“返乡”，若何又“不见”的遥思、眷恋。

无予麻饭，将今情与仙景连成一片。

“景空山”，是今人心空的映像，是诗心的栖息地，也是唐诗之路追寻的终点。

【诗意】

春之恋

采一弯清辉，
拈一片荷叶；
闻一声雁鸣，
听一段雨韵；
裁一缕风云，
蓝天浩茫，
我心如镜。

朦胧醉里舞娑娑。

恋那燕国枫叶，

西挹彩霞；

南满稻香，

东篱金桂飘洒；

我拣得了那片的爱？

放你怀抱；

闻春的心香呵，

袅袅月后，

翻教踏雪飞鸿，

寻桃溪之水，

回家。

【禅释】

朝暖林花动，爱遗醉桃源。

五言·楠溪夏雨

翠崖浮石艇，

蓝溪彤照山。

雾涌千嶂动，

雨澍瀑白莲。

乙酉·仲夏

晴于岭外，随春行

【注】

楠溪：位于浙江永嘉县境内。纯粹天然江村水美景色。

石艇：楠溪江上石桅岩。岩顶植被茂密，常有群猴栖居。旁邻香炉、麒麟、板嶂诸岩，形成雄、奇、险、秀、幽五美。

白莲：楠溪水岩景观。夏季大雨倾时，山岠千涧飞瀑垂落，似朵朵雪莲绽开，蔚为奇观。

【阅鉴】

用夏雨之雨云，放歌天地造化；以隐约语言，映显“浮”与“动”、“易”与“相”的山水哲理；而“千嶂动”“瀑白莲”的奇观，仿佛置人于方外青绿山水之间。足以相信苏轼当年客游南溪，醉后相与解衣濯足，自可乐，不更归。

【诗意】

栀（zhī）子花开夏雨后

一

栀子花开六瓣头，约哥偷情夏雨后；
踛（lù）脚一滑滑下坡，情哥丢橹抱妹头。

二

鲤鱼吭花跃清波，哥摇双臂妹唱歌；
露濛花心向天悬，哥作橹来摇个透。

三

太阳落山鸟归窝，绳住太阳留住哥；
妹是栀子花心白，情哥红脸呀灼心窝。

【禅释】

自寻桃源随春行，不愁山花不浪漫。

七绝·华顶归云

寒食之日，天台华顶。碧溪萦纡，岚翠千层。遇一山翁，老箘(jùn)不全。白云往来，驰风飘忽。感有仙灵约会之胜。

花海碧溪人寒山，
晴空雾滃(wēng)醉霄关；
天峰遥现猜刘阮，
同向春风入桃源。

丁丑·仲春

醉霄关

【注】

华顶：浙江天台华顶山，因峰峦叠嶂如千叶莲花，华顶正当花心之顶，而名。

箘：竹笋。

碧溪：桃源溪。

寒山：诗僧，以寒岩名。

霄关：云立如壁，霄界似关。

【阅鉴】

文化各有不同的源溯，但文化的高度最终殊途同归。

人类所向往的美好莫过于春风得意，记得李叔同有“华枝春茂”“天心月圆”的绝笔。

诗人极力张扬盛世时代的现实与梦想、和谐与和平、自然和追求之间的情感与情趣：历经了“醉”的不闻不问，到“猜”的主动出击，进而达到“入”桃源的自由理想境界。

讴歌“同向春风各自由”的人间桃源时代，早日到来。

【诗意】

桃溪那枝花

问君求索几度？
直把蓝天摇破；
穿驰而过，
桃溪仙女惊落；
春雨，如歌；

百卉，婆娑；
柳间的一枝桃红小花，
瞬间绽放；
最喜微风拂过，
她那低头的满脸温柔，
红染了满满春园花团锦簇。

【禅释】

迢迢桃溪得同声，山自高兮水自清。

仙境，是人对原本美好秉性的向往和期望光大的寄托，是每个人都洋溢着的一片宁静的光明；若予以格外地珍惜、保护，不致被太多异己物质所掩蔽，则会让你永远享受心灵的安祥之美。

美人不须剑峨嵋，应乘凤凰归故园。

七绝·西望仙女谷

翠白云青望仙踪，
心清水烟九霄同。
空峰雪雨雁飞后，
余尔杜鹃四季红。

癸巳年正月

荇彼彼何

【注】

翠白云青：翠白云松乱，空谷湛青蓝。

仙踪：诗人初七夜宿仙女谷，梦至无人境，遇数几十仙女，三五成群，携侣结队，云外飘来，戏水湖中；肤似桃脂，裳如蝉羽，蹁跹佾舞，无与伦比。醒后寻之，谷上澄湖，与梦境同。

空峰：仙女谷双峙耸立，中蕴天门群山，西望一远空峰。

【阅鉴】

作诗，贵乎意在言外，使人思而得之。《西望仙女谷》，写景抒情，意在仙境的清逸，却带出雪雨杜鹃红的妙趣。全诗句句紧扣“心清”即“仙境”的主题。高雅之思，凡尘尽涤；不俗之语，惝见其人矣。

【诗意】

自由的清溪

我终于发现了一处幽谷，
在黄昏时从心中缓缓流过。
寂寞的像海一样辽阔，
看不到翻滚的水波。
我呼唤友人，
一同感受这自由的清溪，
欢快的乐曲。

此时仙女湖，
白云如浪花，
轻盈拂我。
一朵又一朵，
飘浮沉落。
此时的我，
欣喜喊了出来：
啊，
杜鹃红红的后方呦，
有一间、又一间，
白云依草小屋。

【禅释】

胡麻好种无人送，重上天台望海涛。

思远人·雁荡山·并序

中国东南沿海有一条东北西南走向的山脉，山顶有一大湖荡；每当秋末雁南避寒多成群栖歇于此，而名雁荡山。近世雁过不歇，皆因山顶已无湖荡。进而禅解：山顶湖泊似心字，无心怎可泊?！叹曰歌曰：

黄叶丹枫秋已末，
鸿雁排空过。
哀声阵阵，
不肯歇落，
雁荡已成昨。

山顶湖泊心写字，
相绾(wǎn)五彩墨。
解雁阵之禅：
伤心逆旅，
唯伊人可托。

丙子·仲冬

山顶湖泊心写字，
相绾五彩墨。
解雁阵之禅：
伤心逆旅，
唯伊人可托。

【注】

绾：系；盘结。

雁阵：一字阵，人字阵，故禅之为一人。

【阅鉴】

雁飞本思远，

雁阵本销魂，

雁形觉明思远人。

诗人即景生情，从深秋雁荡无湖，南飞鸿雁不肯停留，而顿生悲凉之感。

把山顶的湖荡设想成大山大瀑之心，十分奇特；由此联想到人若无心则哪来思念之情。而诗人的心始终永不枯竭，对自己心仪之人的思念源源不绝，与山瀑湖荡成为显明对比。

雁阵一人，心有所属，魂魄相凄。

【诗意】

情　心

鸿雁千里寻绿波，

有情无心不可托。

心有灵犀一点通，

汝有心，予忖度。

陆游《钗头凤》，

雪芹那个《红楼梦》，

都是“心已成昨”。

你看这边：

“寂寞开无主，黄昏独自愁”；

“零落成泥碾作尘，只有香如故”。

可那边：

“镇日无心镇日闲，”

“任他点点与斑斑”。

心事如何终虚化？

一个枉自嗟呀，

一个空牵挂。

人无心，情无主。

雁不到，

书成谁与？

一钵千家饭，

孤身万里游；

伤心逆旅哟，

唯伊人可托。

【禅释】

孤衾有梦，空谷无人。

鸟欣有托，荒戍不盟。

游怡篇

游读天地人和规律

游读天地

七绝·思佳人归而知春乐鸟乐

春风拂柳舒葭萎，
　　　　zhǐ
雨后清溪沚唱歌。
　　　　jiāo xué
霭泫芳梢鷮鸴返，
　　　què　　ē
啁啾空礐万音阿。

己卯季春·临海天台途中

春乐鸟乐

【注】

葭：初生芦苇。《诗经·秦风·蒹葭》："蒹葭苍苍，白露为霜。所谓伊人，在水一方。"此葭思之谓，对佳人的怀念。

蒌：蒿草。《诗经·小雅·鹿鸣》："呦呦鹿鸣，食野之蒿。"

沚：水中小洲。

霭：云气；轻雾。陶潜《停云》诗："霭霭停云，濛濛时雨。"

鷮：鸟名。《诗经·小雅·车舝(xiá)》："依彼平林，有集维鷮。"

莺：鸟名，形似雀，色不同，鸣声悦耳。

礐：风，激水击石成声。木华《海赋》："彯沙礐石。"

阿：谐和；柔美貌。《诗经·小雅·隰(xí)桑》："隰桑有阿，其叶有幽。"

【阅鉴】

诗人踏石山谷，思佳人归，心中听到春天脚步、自己脚步的喜悦。眼前的万生万物，都像泉水那样快乐：葭蒌"舒"，"沚"唱歌；鷮莺啁啾，水啭"空礐"；"万音阿"。

与此前不知"春乐鸟乐"，判若两人。形象刻画出："春美春心中，尘缘色不同"；"欲去蒙被识，即去沐春风"。

华枝唯有春茂，人生不待时；与生命同唱，青春值得珍惜！

【诗意】

空谷音符，如光明媚

雨后春天的空气分外诗意，
江南的山水太过旖旎。
烟开香风起，
百鸟啁啁，啭音华丽；
桃绽锦浪生，
爱之神，如光明媚。
空谷的每一个音符，
都微醺眩晕，
颤抖地摄人心扉。

【禅释】

水滴花思，心性知音。

七绝·茇眠闻莺

bá

gòu
应呴吟喔杉柳间，

lǐng shěn
咕咕呤呤瞫喃喃。

tuán líng bì
汚泠蕙苾茇眠时，

jiē
呖呖哜哜䴖覆山。

戊寅·仲春·柳浪闻莺

共宇宙欢声

【译意】

间行杉柳学黄鹂，
枝头呢喃应声稀；
露宿草丛寒露醒，
引得莺燕绕树啼。

【注】

茇：草根。《诗经·召南·甘棠》："召伯所茇。"

呴：雉鸡叫。《楚辞·九思·悯上》："孤雌惊兮鸣呴呴。"

吟喔：人作鸡鸣状。

瞕：深视，即往下注视。

洿泠：犹露蒙烟岚是也。

蕙：香草名。蕙兰。

苾：浓香。椒兰芬苾。

【阅鉴】

人与自然沟通，共宇宙欢声，是人性向宇宙大心的复归。

诗以简短三十二字，述其欲闻柳莺声，而作雉鸡鸣；莺鸟瞕不解，惊咕吟。人茇眠，蕙香醒梦，莺啁哕哕啭覆山。

诗人忽感悟：众鸟晓彻花露姿，闻莺宜在熹微时。心无碍，方能享悠然之逸。

【诗意】

遑逾而非

蕙兰幽雅，微风清扇，
香花之气蔽于林泉；
自然万象，
欣时完美天籁展现。
人类不要被“痴贪”污了清净，
而失去本有尊严。

【禅释】

给我一个可以相信的梦。

人类，没有什么可以阻止自己良知的发现。

七律·和芨眠闻莺及序

月落湖心，晗蒙催眠；花深春梦，莺喈声声。予芨宿柳荫，美临其境，方感悟：莺喈婉转，自然使然；秩非遑逾，朝煦映媚；相邻友祓，乐于斯。

应响吟喔杉柳间，
qiān
人盰鸟崔瞫瞻瞻。
dōng liù yè
梢鸫水鹨嘀嘀啘，
xuè
呤呤咭咭矞喃喃。
jí
宵昧翼戢烟渐渐，
mén
潭湖浸月亹然然。
蕙香醒梦残霞倚，
呖呖哜哜啭覆山。

戊寅仲春·柳莺居

相邻友被乐于斯

【译意】

作声鹂语杉柳间，
宿鸟惊起舞翩翩；
叽叽喳喳争未歇，
枝头问答水中鸢。
夜深色暗烟雾淡，
残月西沉没湖关；
蕙香醒梦朝霞出，
呖呖哜哜闻周山。

【注】

晗：天将明。晗蒙：天将明前昏黑之状貌。

遑逾：遑，闲暇；逾，超越。

朝煦映媚：熹微温暖时，景物互映，悦目而乐。

肝：阴晦不明貌。

崔：高貌。鸟崔：鸟往高处飞。

鸫：陆栖林鸟，受惊则飞上枝头，春日多善啭鸣。

鹨：水鸟，又名水鹨。

唳：鸟夜鸣。《禽经》曰："林鸟以朝嘲，水鸟以夜唳。"

瞲：惊视貌。

戢：收；藏。时指鸟儿把嘴插入翅膀睡觉。《诗经·小雅·鸳鸯》："鸳鸯在梁，戢其左翼。"

亹：峡中两岸对峙如门之处。指月下沉湖中，如峡门慢慢然关上貌。亹然：月沉湖底时最后一缕赭光，而四周漆黑貌。

【阅鉴】

《和芨眠闻莺及序》，和有新意，序有新解。

水陆栖林诸鸟，潭湖月沉日昇，花深春梦之人，同与大自然循环。

人与万物，相辅相生，恒与善人。

人类，首先应该向众生致敬。

【诗意】

相　邻

不经意地邂逅在清风绿柳的绵绵群山，

身外短笛对山万语夜飞来鸟似曾相识；

百禽晓彻黄鹂枝头倚窗临水云树春帆。

【禅释】

儿童不知春，问草何故绿？

牧子饱饭后，横笛唤不归。

七绝·游漓江听民歌有怀

雨后千山云不归，
雯裳霓袖蕴春晖。
幽峰绾渚江为伴，
曲隩孤舟候鳜肥。

乙酉仲春·京都

春江醉山

【注】

漓江：广西桂林西江支流桂江上游景区。

曲隩：水岸弯曲洄流之地。春汛桃花涌隈隩，曲水孤舟罶鳜肥。罶，捕鱼工具。

鳜：鱼名，亦称“鲚花鱼”“桂鱼”。

【阅鉴】

诗以晨色如翠开篇，晚烟甚媚中转，“曲隩孤舟候鳜肥”作结。含蓄雅丽，一语双关，似咏唱之民歌，却深邃其情颂。貌似写景，实属抒情。

春水江潮解人缘，
有溪泛桨云渡船。
谁相约？
诱我满天烟火、民歌。
别样风情，
何论是歌是诗。
代代相传。

【诗意】

醉的山风

春光旖旎，
春色谲诡，
七彩千山皆醉。
万花倚红，
江岸翔飞；
问幽峰，
缥缈悬浮，
伴谁？

耀眼朝阳，
抵不住晴光目转；
奇崛远望，
山环水旋。
恍惚过桥，
凫渚，江隩，蓬岛；
萦纡鹤汀，
孤舟，独钓。

啊，

山野、桃花，

鳜肥这美呦，

迷住了远游南北，

潇洒倜傥的情痴美少。

飘醉了，

山野的风，

梦觉的渔歌调。

【禅释】

笋山四面拂岚纱，季女羞涩泛红霞；

回眸对望倩山影，碧湖茎蓄芰荷花。

心醉文同

七绝·客宿新安江

淑雾笼沙锦树绵，
野禽吻破一川烟。
宜宾静伴江中月，
人与波光两遣闲。

己卯仲春·初往新安淳安

淑雾笼沙锦树绵，
野禽吻破一川烟。
宜宾静伴江中月，
人与波光两遣闲。

【阅鉴】

野禽吻起春之水，飞越烟波起相思。

诗人不写春夜他乡极闲极静的寂寞，而写“淑雾笼沙”时“野禽吻川”的静中之声，以烟波动鸟飞，传山水之清音。一反春夜旅思老调，唱出宜宾作客，“情有所寄，心有所依”的心情。诗趣闲逸高雅，托思寄情；以雅怀伸美，别有一番新情调。

【诗意】

彼薾乐何

荷影月悠悠，悦吟美天鹅。
烟波起相思，彼薾乐何何？

【禅释】

品茶能知是非，淡泊而超迈；
明心能看人我，无碍而达观。
波光动飞禽，雅思存知己。

梁正

忆江南·新安

当地“送情”“定亲”“成婚”，有“絺私”“柳送”“对鱼”之俗。场面热烈奔放；献酢互答，无不醉者。

云水间，

fàn
岫渚帆千重。

chī
谁予絺私背柳送？

shǔn
鸳鸯对鱼吮流红。

zuò　　suō
酢酒乐傞翁。

丙戌三月·北京

酢酒乐傞翁

【注】

絺私：细葛布，葛服；贴身内衣。

柳送：柳条送情。

云水间：淳安县之新安江，筑水库成千岛湖，湖在山顶白云间。

帆：张帆行驶，时指旅行。

鸳鸯对鱼：船上对对鸳鸯，水中群鱼吻红。指“背亲上船迎婚，洒红江上成婚”之风俗。

流红：花泛春江。

酢：以酒回敬。《诗·大雅·行苇》：“或献或酢。”进酒于客曰献，客答之曰酢。

傞：醉舞不止貌。

【阅鉴】

全词二十七字，诗中有画，句中有对，画中有舞，记述了浙南山民能歌善舞的天性乐观。写了山民婚俗的热闹，也写出了诗人醉留之乐，根在性情，魂在人生，心合桑林之舞。

笔出自然，简练准确，情景交融。一静一闹一醉，让人甜甜永存江南那晚的新安：

熊熊火焰，

淡水湖边；

好久的思念，

山下大海山上湖；

一卷潇洒秀发，

温暖包容心怀。

【诗意】

乐了佬翁

蝶醉桃花红粉姿，
燕舞江岸杨柳丝；
芰上莲脸也忘情，
过却春光乃不知。

【禅释】

酣嬉淋漓，酢献难分；
醉舞亦真，乐了众人。

七绝·五魁手

此觞令诗，二人对令。一人上半句，一人下半句；合之继续，否之罚酒。时供学友相会戏乐。

三山五岳橹摇过，

笑解禅机了障魔。

性海澋（jǐng）湾游少浪，

迷离氿（guǐ）滥莫搀吾。

辛巳·初春

残霞醉水

【注】

漯：水洄貌。

氿：小泉；侧出泉。李周翰注：“氿滥，小泉也。”

【阅鉴】

美酒桂浆醉来芳香，
将着寻新的思绪，
且把船头调转。
奇异的景观，
不断涌现。
可惜呀，
时光，
不为我续延。

诗写热血我辈，“五湖四海”“三山五岳”“倒影在下”都闯过。到不惑之年，笑解人生乃“笑解”。“性海”“漯湾”“迷离”“氿泉”；“游少浪”，栽跟斗，还呼号：“莫挽吾”。

为何深缠烦恼的悲叹?!

诗人心中这一声同情叹息，感人至深，更发人深省，是对同代人一次含泪的顶礼赞叹!

【诗意】

残霞醉水

一

一带青山送，
红叶满山溪；
残霞卧远水，
宜醉不宜归。

二

风雨无阻搀着走，
五魁抃手醉中游；
毋有高下无对错，
不分彼此真全我。

【禅释】

光明镜，照醒痴迷汉。

心朗去妄，虚怀无疆。

只有在能知和所知同时剥落时，心性光明才能皓月般呈现出来，抵达慧智光明山顶，洞悉人世万象大观。

【辅】

七绝·静翠湖

古松翠柏参天，流云飞鸟往返；
画廊雕亭水榭，练瀑映红西悬。
这幻境，
乃静翠湖水镜生成，为香山之胜。

古松傲苍鹳鹥(yì)鸣，
琪树莲台满月升。
若非清风正彩榭，
瑶池泛舫过蟾庭。

乙酉仲夏·北京

【注】

鹥：《山海经》：“鹥，身有五采，而文如凤。”

山阶印弯

七言·故乡望舟

烟波起处白鸥飞，
云拥春流入远水。
挂帆洄钓斜风去，
几识归航是君归。

丁丑·仲春

挂帆洄钓

【阅鉴】

好男儿志在四方。

一九九七年的春天，中国商业经济风起云涌。

长期旅居在外的诗人，回到久别故乡，依然心潮澎湃，青春不息。人生总问收获，但能得故音、童年、洄钓趣事，人生又何问收成呢！

作者以《故乡望舟》作结游怡心情，可见别有一番用意。

人生起航处，正是归航点。这生生不息的历程，又岂是游怡的心情所能独占呢？

看烟波起，白鹭飞翅，那远水的云拥春流，怎能不勾起童年的回忆？

即使顺应斜风，挂帆洄钓，行程杳杳，总有能识得这“归航”中人的心愿啊！

【诗意】

故乡的歌

江南春色逸媚如故，故乡乡情纯醇似酒。回乡路上，逢者竞相以鳜鲈肥美邀之，使人回忆起孩童时代那“水乐其时，鱼乐其肥，人乐其中”的春花渔汛。

面对碧海万点归航，我试以“猜桅赢鳜”儿戏，望舟盼友归来，然尽认空航，几识不识，心中感慨：时光似水，旧事渐忘，吾已不识故乡之舟，然乡人识我，乡情依旧。乡情浓、盼友切，因之而怨道：要我多少回的“几识空识”，你才返航归来，与我同乐儿时之乐啊！

我在涛声中呼唤着你的名字，可你在千帆之外！！

【注】

猜桅赢鰀：儿时，三两人，风暴前，东海边，临岸眺望云波间；看桅杆，猜谁船。赢鱼输饮，俱欢颜。能不忆？同饮同乐同相趣，至乐而乐乐少年。

【禅释】

登高远望，回首一路，
不知得到了多少有情的相助！
更忆起，儿时之乐，那是至乐。
无邪无私，其乐而乐。
这是我心灵的归宿。
几人相忆在红楼？
惊起心中鸥鹭无数。
清高的山顶，
不是我的心安之所。
回到故乡，
回到大海。
这里，有我童年的歌。

惟怀篇

怀解莲生　莲立　莲妆　莲为

一逸仙子

一丛花令·登高

云收望远几沙鸥，
烟艇入寒波。
双巍钓址情难诉，
樵歌调，酒倘卖吘(mú)。
峘(huán)顶垂台，
昂霄紫陌，
探隐问村姑。

多情忆旧费神游，
斜月黯高楼。
鸿横万里浮山去，
撼诗落，不需吟娥。
一掬(jū)深思，
风涛拍岸，
闲了蓑衣儒。

庚午中秋·子陵滩上

鸿横万里浮山去

【注】

双巍钓址：浙江桐庐富春江滨，有东西二钓台。西台是宋末谢翱哭文天祥处。至元27年文天祥就义，谢翱于西台哭祭历五年，逝而止。

东台为东汉严子陵隐居垂钓处，北宋范仲淹祭文《严先生祠堂记》与建严子陵祠，有“天下第一钓台”之誉。

倘卖呒：卖不卖。酒干倘卖呒，闽南语流行歌曲。呒：吴方言，无。呒啥。

峘：小山高过大山。

探隐：探赜索隐。赜，幽深莫测。指探究深奥义理。

掬：双手捧取。

【阅鉴】

登高只为看得更远。

年轻时的诗人为登更高之理想，一掬远思；所见其景，心灯独孤。

钓台祭台情难诉，志立满怀，凭吊英雄无数。

喻己应有贤人美德，凭栏临风，拨云开雾；

当奋起有为，不教流光空逝，芳草成枯。

【诗意】

绿云空断雁行远

登高怀远，飞絮不堪忆；

云山苍苍，高风当可遗。

终南捷径，骛趋行勿远；
江湖风雨，少了儒蓑衣。
山河有梦，
青春壮阔；
请钓叟，禋大禹，
鸿横万里浮山去。
高风者，
岂非王侯世事；
在其经纶乾坤，福祉百姓。
垂纶为社稷。

【禅释】

东风不知倦客，过尽天涯无限意；
少年空教醉花，迷林去鸟后黄昏。

【辅】

七绝·晴峦秋林

五彩泽泼黛艳秋，
底秀间(jiàn)黔(jīn)紫梢苏。
陶潜阐卉空山锦，
簟(diàn)跸桃源悟妙初。

戊寅季秋·西子湖畔

【注】

秋：飞貌。《荀子·解蔽》：“凤凰秋秋。”《汉书·礼乐志》：“飞龙秋，游上天。”颜师古注曰：“秋，飞貌也。”

黔：黄色。

簟：供坐卧用的竹席。跸：一脚立。簟跸：将竹席搁起来；暂不用。

莲峰雀岭中人

七绝·金陵怀远

葭漪莫愁嘉非愁，
槛外长江空自流；
十二时中两度潮，
几回王勃独登楼。

丁丑年正月初六·杭州

潮二渡

【注】

莫愁：金陵城内一湖，因女莫愁而名。

王勃：初唐四杰，十四岁及第，授朝散郎，任沛王府修撰；因故被高宗逐出王府，后犯了死罪，时遇赦革职。有《王子安集》、《滕王阁序》名篇留世。

楼：指滕王阁，因唐太宗李世民之弟李元婴滕王始建而名。

【阅鉴】

宇宙无限，风物依然。诗人见莫愁湖而遥想千里之外的滕王阁。以怀才不遇的王勃自惜“独登楼”，与二度起落潮水作对比，让人揣摩深思，抒发岁月易逝而孰加功业事在人为的感慨。写的深刻、入理，且催人奋发、不朽。

孰加不可复，
失意莫蹉跎。
潮起潮落二度休，
穷且益坚机在握。
借风溯北凌青云，
不期扬意独登楼。

怀远，
只为胸怀更远。

【诗意】

穷益坚　机予握

一

芦苇涟漪荡秋波，
愁向莫愁愁遣无。
滚滚长江东逝水，
十二时中潮二渡。
天下孰加真英才，
不废江河万古流。
万幸王勃谁胜过？
金陵怀远漫了愁！

二

子安斯年幸作序，
绝遗华文惊天地。
此年此幸真奇遇，
逾生逾心真信己。
飞题千里藏雅望，
秋水长天贯云衢。

钟期既遇以何惭，
杨意不逢而自惜。
遥吟仰畅临北辰，
捧袂龙门陪对鲤。
斯万幸！
物换星移几度秋，
滕王高阁恒江渚。
恒江渚，
廿七王勃万世奇。

【注】

潮二渡：指长江东逝水，潮落去，潮起回；潮起潮落两渡休。

孰加：孰：谁；加：超过。谁能超过；无以复加。

不废江河万古流：杜甫称赞“初唐四杰”诗句。

万幸：王勃写《滕王阁序》有天下万幸之说。

一幸，王勃《滕王阁序》乃千古名篇，最为人传诵。

二幸，王勃时年廿七，正巧前往南方探望任交趾（今越南河内一带）县令的父亲。路经南昌，适逢滕王阁修整一新。阎都督大宴宾客，王勃有幸参与宴会。要不然，就不会有千古名篇的《滕王阁序》了。

三幸，王勃时为因罪革职的失足青年，此次宴会名流汇聚，阎都督雅量纳贤，王勃也无世俗之虑。畅性抒怀，洋洋洒洒；飞题万里，终成不朽之作。

此三幸，乃万幸。王勃序毕当年，竟不幸溺水而亡。《滕王阁序》，集天时、地利、人和于一体，流芳千秋。此王勃之万幸，也是天下之万幸。

子安：王勃，字子安。

钟期：伯牙鼓瑟，志在流水。钟子期曰：洋洋若江河。此高山流水遇知音典故。

杨意：西汉人杨得意。汉武帝身边管狗的小官，大辞赋家司马相如由于他的引荐，才得汉武帝的赏识。

对鲤：鲤，鱼名。口下位，须两对，故称对鲤。陪对鲤：指王勃作《滕王阁序》当年，不幸溺水而亡之事。

【禅释】

历经而宁静，宁静而致远。

励志勿谓知音稀，时圣当持机在握。

七绝 · 谒刘基祠

一滏一瀑一江行，

峻水泷潺汇黄门；

石洞仰溪鹤警高，

ěr
空浮草海薾天云。

丙戌八月二十九·青田·石门洞

蘥天云

【译意】

飞瀑出山落江行，

清流激越入海门；

石洞鹤溪惊飞雁，

草海空浮托天云。

【注】

刘基：字伯温，明朝开国之勋，文名天下，青田人。刘基祠位于青田石门洞天，瓯江北岸。

瀑：指石门飞瀑。其瀑落差112.5米，高悬直下，蔚为大观。宋濂《送陈彦正教授》诗："石门碧作山，怒泻千丈瀑。"李白诗赞："何年霹雳惊，云散苍崖裂；直上泻银河，万古流不竭。"

江：指瓯江。

黄门：东海瓯江口一大海门。

石洞：石门洞天，因有旗、鼓两峰，壁立如门而名。

仰溪：石门洞天地貌景观。有多级瀑布，曲随峦走；起伏层迭，山水清音。

草海：石门洞天师姑草海景点简称，位于天半八百米高空。

蔺：花盛貌。蔺天云，喻刘基气节高耸入云。

【阅鉴】

本诗对“习象卦、知形遇、达明远”之伯温，非颂誉而叙其神形。

一、二句以“一淦”“一瀑”“一江行”“汇黄门”等实景，比喻刘基谦和美德，胸中有大气奔驰无阻，“一志而扶天下安”。既形象，又自然流畅。

首联，气势不凡；末联，感慨深沉。

以“鹤溪”“草海”“天云”之景，寓意叙事，发人深思。既怀古又喻远！

【诗意】

志于天下安

我拜谒你啊，文成侯刘基。
你一心一意，一往向前；
信为能入，智为能度，
一志扶天下安。
功成而退，鹤警高觉；
视富贵为身外，
心中清芬永存。
那师姑草海啊，天半高空，
馥香连云盖日。

是颂扬你凌云高义，
智择明远。

【禅释】

清水煮清茗，淡香明淡心。
君子生于世，与天地准行。

难得糊涂

沁园春·观海为友人赋

双凤溪湾，
翠峪(yù)横绵，
栩柚蕙香。
泛瀛瑄覆昊，
雯纠佾(yì)荡；
鳞凝白月，
绛曜泫阳。
燕鶂(yì)喈喈，
鸿鹄庚碧，
鹮(huán)鹳翚(huī)豵(zōng)蓦拊冈。
雷霆吼，
揽飞涛吞岸，
雪卷云狂。

落霞倚罥(juàn)八荒，
更霰(xiàn)乱飂(liù)玄黯(àn)瀇(wǎng)洋。
见层帆蝶影，
躜(zuān)簸蹑峤；
雰崖断霭，
旻(mín)裂嘣玱(qiāng)。
骤雨吽(hōng)呺(háo)，
大潮转向，
岛屿洀(pán)澴(huán)陆沕(mì)江。
澥(xiè)空浮，
正天罡烜(xuān)熠，
银海渔乡。

戊辰年三月

履

素行而有礼，辨上下，合其志。

雷霆吼，
揽飞涛吞岸，
雪卷云狂。
澥空浮，
正天罡烜熠，
银海渔乡。

【注】

双凤溪：瓯江乐清湾旋门里外的凤山之水，围绕玉环岛盘旋，南谓龙湾，北倚凤山，邑称双凤溪湾。

峪：山谷。峪势曲走蛇。

栩：又名杼，木名。时指木麻黄。秀如季女，栉植柚园四周，洒洒如栩。当地吴越语“栩”与闽南语“粹”，混而同音同义。靓女为“粹”。

佾：古时乐舞的行列。八佾，纵横八人，共六十四人。天子八佾，诸公六佾，诸侯四佾，士二佾。

鸼：鸟名，即鹚。

鹄：天鹅。

庚：道路；庚碧：犁开碧水。

翚：鼓翼疾飞。

翪：鸟张开翅膀上下飞。

拊：击；拍。拊翼以悲鸣。

玄：带赤的黑色。

瀇：水深广貌。

峤：尖而高的山。

雰：雪盛貌。

旻：天。

玱：玉相击声。

洀：盘旋。

澴：波浪回旋涌起貌。

沕：潜藏貌。

澥：水边。

烜：盛大，显著。

熠：光耀，鲜明。

银海：银河。

【阅鉴】

鲲鲸喷荡，扬涛起雷。

风悲鹰搏，水落鸿飞。

吞象江岛，天维重恢。

这是人与惊涛雷鸣、天风晦雨角斗的交响乐。

洋溢着非同寻常的生命感，从内心满怀难以遏止的激动，观察大海与人生的规律。

在无边海魂纹的蓝白错落之间，诗人播撒幽默、纯真、活泼的天籁之声。赞叹它的瑰丽宏伟，怀念它的灿烂明耀，认识“卷地风来忽吹散”的雷瀑呼号，体味行云流水“没有忧郁、痛苦，只有奔腾、激越”的潇洒雅如。这是何等的胸襟。

观海如观世，哲理深沉高远。

【诗意】

奔越的海魂

蔚蓝、草绿、粉紫，
俏皮海洋的晨色，
撞出灰紫间那弧泫阳。
映的近海小船，
金波粼迷洸漾；
水鸟，
追逐白帆；
沙鸥，
披着金辉欢唱。
碧连朦胧柚橙园，
也散着芬芳；
和抹胭脂色，
魅幻了渔舟；
排山推云，
向着金色，
挂帆远航……

渐渐，

闹起春江水

赭色云团，
倏忽间变黑。
掀盖滚圆，
把大洋倾翻。
惊涛、骇浪乍骤，
拍击鹮鸛鹈鹄，
上下翀飜。
鷗鴅、鸡鹭，
群群、阵阵，
盘旋飑飕雷瀑，
左右鸟瞰。
号子声声，
蝶帆漂摇，
如簸颠箕，
在高而尖的浪山。

星斗尽隐，
霏弥雪霰，
霚霾遮迣(zhì)无岸。
颶飈呼号，

水天突兀，

岛屿澴旋；

渔火冲浪狂澜。

厉啸，

渐渐嘶哑；

弯月，

晓转。

诱人的静谧。

渔人，收获艰辛；

黄酒一坛。

鼾声，朗朗；

笑声，醰醰。

【禅释】

宇宙之音，人思之韵。

富有创造性的勾勒出惊心动魄的大海奔腾，星辰升灭。仿佛是那生命之光的一个个延续。

她，真实反映表达了其生命本身意义的不懈追求。

她已将生命，沐浴在圣洁太阳的金辉里。

【辅】

五言·观海

东临碣石坐，
盘膝适何求？
真空寂形了，
云浪入礁无。

甲申冬至六日·普陀

七绝·莲花

绝似真妃朝露舞，

yáo

华宫扇摇媱金谱。

春胭艳靥牡丹骨，

盛绽芯花共尔汝。

己卯·盛夏·杭州

芯花共尔汝

【译意】

朝露晨风逸仙子，
华宫扇舞掩奇姝；
春胭笑靥牡丹骨，
出水摇曳体如酥。

【注】

真妃：杨贵妃，字太真。

华宫：华清宫。唐天宝六年，换温泉宫为华清宫。

媱：舞容；游乐；嬉戏。

春胭：指青春的红色。林花着雨胭脂湿。

艳靥：面颊上的微涡；笑靥。艳靥牡丹骨：艳艳的面颊，笑容，都似牡丹般的风韵。

共尔汝：互相衬映着华丽的你。

【阅鉴】

这是一首寓德修己的咏莲诗。

不仅赞颂莲花的清纯美丽，而且写出莲花的高洁，是因为骨子里高贵；她又以蕊花盛绽莲蓬，孕籽代代相承逸骨，使其洁高如天，永远映照你、我、大家。

诗人寄莲托思，咏其人性，化我灵魂，以求人格的醇纯、高贵与完美。

【诗意】

至美莲花

仲夏盛开的莲花，绝似杨贵妃艳露霓裳，散发芬芳的翩翩舞姿。这摇曳群芳的莲步曼舞，犹如华清池共明皇摇婚扇舞那般娇娆、婀娜。

莲花，你嫣艳似火，莲襕翩跹的妩媚风韵，胜过牡丹；你亭亭玉立、遮阳擎雨的君子品格，为仁圣者师；你梗节蕴藕、莲蓬孕籽、相承皭然仙骨，令庸者敬、廉者立；你品节高正，中通外直，不枝不蔓，谦挹温尔，亦吾心灵所往矣。

纯洁兮，嬿婉兮，嫢(guī)娜兮，婥妩兮，至美止圣兮，惟朱华也。

【禅释】

青春的红色，
绽放着微涡笑脸；
无有须臾庸散。
以碧叶、玉华、净蓬，
静静诠释宇宙的至善。
面对她，
如明镜去尘，
而显自在，庄严。

困

知困早悟，困而不失其所志，吉。

七言·莲藕赋

　　　　　　yì
风清绝瑕净了翳，

出于淤泥而不染。

　　　　fēng luán
春笔一工妦娈就，

bèn
坌经三涤壮黄冠。

无晴对水亭台立，

有藕心空觉来年。

吾乐此花寄己愿，

共君陶醉亦悠然。

己卯·盛夏

净慈乃吾心

【注】

姅娈：婉娈万态姣美貌。

坌：灰尘。坌经三涤：一涤，尘自空而荷，由露水水露涤之；二涤：由湖水涤之，尘入水中；三涤，尘入泥再涤而化之。

黄冠：黄通皇，即皇冠。指盛开顶端那胭粉红色的莲花，娇似高高皇冠。

晴：晴通情。

水：水通谁。

藕：藕通偶，成双；配偶。

【阅鉴】

九九盛夏，时逢世纪交替。其人心不古，诗人慎独。以莲藕品格自勉自娱，透出洁身自好，现出自心觉理、不与浊流合污的高雅。

“春笔一工姅娈就，坌经三涤壮黄冠”，诗写青莲：“出于淤泥而不染，自有清风洗婵娟；天工一笔奇骨现，三涤三化矗皇冠。”既是探索商化潮流的人生要义，也凝聚了对现实社会的理解与警觉。所以，尾联看去是旷达语，骨子里却是“共君”之“同愿”。

逸趣横生，耐人寻思，饶有余味。

【诗意】

商化潮流的君子

直面物欲横流的滚滚红尘，
无垢的心，清清静静；
以丝丝入扣慧智，汰尽尘滓。
通达有节，心空自觉；
香肌蕴秀，独慎自洁。
超凡脱俗。

【禅释】

金地嘉耦鸳鸯梦，荷花合果美人魂。

七绝·莲妆勖(xù)

轻露敷面昄(bǎn)仰伞，
午赫炎空姺(bì)姌(rǎn)姗；
风雨玦(jué)盆臧鳟鲤，
孤蓬蝉立戢襕衫。

己卯暮秋·杭州

蝉立戢襕衫

【译意】

轻露敷面晨妆淡，
烈日烤炙益灿烂；
风雨池中藏鳟鲤，
独立无惑一蓝衫。

【注】

勖：勉励。

婰：女有容仪，指容仪。

娲：纤柔貌。

姗：行缓从容貌。

玦：环形有缺口的玉，时指荷叶。

襕衫：旧时士人服装。《正字通·衣部》："明制生员襕衫用蓝绢裾袖缘以青，因色蓝又称蓝衫。"

【阅鉴】

一个新时代文化人的形象，在诗人眼里如莲妆素裹，承继了传统文化中的思想精华，又并非一个传统文人所能达到的境界。

第一句写君子之仪；第二句"烈日烤炙"；第三四句，风雨骤来，为了弟子，遮挡风雨，直至孤蓬枯瘁，而青色蓝衫与天相映，如青花入眼入心。

在这个文化与信息多元融合的时代，再没有比莲妆更完美的身影。

时代需要莲妆的品格。

莲妆，吾，心之所美、心之所往！又怎在乎其外貌华然呢？

【诗意】

莲妆，为师的选择

洁身自好不是目的，
为了众生暂时和究竟的安乐，
挡风遮雨，毋顾自己；
此时，善良秉性同具了稳重人格。
无须装饰。
为了学子，
为了鳟鲤的明天，
为师以微笑遮挡烈炎、
风雨与苦难；
即使还没有到这个境界，
也会在牧歌似的情调里，
收起襕衫；
返归那最悠闲的浪漫情怀，
“孤蓬蝉立”地走向田园。

【禅释】

师者贤者仁者，法身变换无定，实与万物更始共随化；
济世之途悠长，不可不博爱广助，施诸百姓而后知善。

zǐ ruò

七绝·滓蒻

空心无负立蜻蜓，

枯蓬残荷净慧根。

gōng

释道儒共争是以，

zhūn

纯纯滓蒻自申申。

已卯初冬·杭州

释道儒共争是以，自若

【注】

共：通恭。恭敬。

争：释道儒都争着恭敬莲藕为楷模。

纯纯：专一；诚恳貌。

滓蒻：荷茎入泥的白色部分，俗名藕鞭。

申申：安详舒适貌。《汉书·万石君传》：“虽燕必冠，申申如也。”

【阅鉴】

It's nature，it's beauty. 自然即为美好。

莲的花，莲的叶，萎谢了，蒻深埋滓泥中。

释、儒、道欣然其“空”“无”“中庸”的最高境界，而蒻本身即“空”且“洁”，苏白如玉。否则，怎能于污泥之中不染呢?

为人身性的一种自然之景，让人读出开阔，读出超脱。

【诗意】

我本自若

本我显现，没有执著；
空也非空，纯纯劳作。
圣洁具足，如梦如昨；
申申如是，滓蒻，自若。

【禅释】

自性灵皆有，不染便有悟。

大地万物，无不是法身佛。唯有自性觉可超然飞渡，了真自如。

滓蓢，乃自若。

趾止篇
赏春晓
趾止而思

趾止而思

七言·青海羽云·候鸟恋

睽别海心各风烟，

向背蓝空程正远。

恋嬉母巢回生地，

复羽如云隔海天。

己丑·艳夏

云碧相潺

【注】

青海：时指青海湖鸟岛，中国八大鸟类保护区之首。夏季野花盛开，数十万计候鸟从东南亚、印度、巴基斯坦、尼泊尔及中国南方各地飞来营巢，繁衍后代。秋暮初冬，候鸟结队南归，翱翔湖上，声扬数里，遮天蔽日，堪称一绝。

睽：违背；不合。

海心：青海湖中一岛名。

复羽：返旋的候鸟。

隔海天：只见素羽，不见海天。

【阅鉴】

诗写候鸟恋巢复羽的情景，以“睽别”起句，承以“向背”远程，铺垫候鸟之恋，带出“回生地”的生命之根，赞颂母与子“远离心连”的天性；借青海羽云大自然美色，唱出“只见素羽”“不见海天”的巢恋之歌。

即景生情，心事曲曲，也是对同代人空巢灼痛的回应。

【诗意】

若何为鸿雁，南北相背驰？
白日行中天，远大期为之。
雁南复归去，羚羊母携子；
宇宙穹壤间，宁不照己私。

【禅释】

陂塘雨霁绿初肥，
蚕豆花开紫微微；
河豚撒籽林离白，
花蝶成双忘了归。

【注】

河豚：又称东方鲀，盛产长江下游江浙一带。诗人梅尧臣在范仲淹席上即兴作诗："春洲生荻芽，春岸飞杨花。河鲀当是时，贵不数鱼虾。"

林离：水流不绝貌，同"淋漓"。

七绝·月明银锭

天高中月照霓青，
柳荫锁阑径鹤亭。
戏水野凫鸣别曲，
波扰双潭影我心。

庚寅·中秋·后海

花溪印月

【注】

银锭：银锭桥，因形似银锭而名，燕京八景之一。

中月：中秋当空之月。

霓青：中秋圆月照，霓灯青光浮。

阑：后海前海九里玉阑。

鹤亭：杭州孤山鹤亭，北京后海望海楼，夜观犹如孤山鹤亭。

双潭：银锭桥似带，襟连前后海；立于桥上观，两湾清水潭。

【阅鉴】

“天高中月照霓青”，诗首句以雅丽之色，写中秋月明银锭。接着，诗人把北京后海，幻觉成杭州西子湖滨。嗣之写野凫戏水，波扰双潭，兴起思亲远念。思乡之景之情，融成一片，竟分辨不出何谓“景中有情，情中有景”。

以京城之景，误为故乡郁然秀城杭州，人不以为非，皆因情系景，非景系情。此诗之妙境。

月明银锭，取其水之明，而以其清比德，其行比智也。

【诗意】

花溪印月

相思朝朝心如月，
犹向微波照影来。
银锭观月明，
长亭望短亭。
划峰小棹又去了，
河里水花乱奔奔；
小妹双眉冷。
飞云何谓家，
波扰望乡心。

【禅释】

醉后吟歌不成调，芰荷蜓立诗自来。

近阳台路·苦孤独

惊悲哭。悉叔止命殁，梗折留藕。恰如似，荷撑水天，碧魂悴枯飘莫。泣春鱼鸣否？大橹桴鼓，四海闲棹；耕无土，技胡术，懵(měng)惜夜渔日作。

家国未承德法，顾妻病，医赊米缺。老保毋着，釜尘鱼，债俟(sì)日月。乌反哺，愚儿有累，奢(zhē)急已饥已没。愥(líng)秋月，遽亲触，不悲何独。

壬辰·立秋

海心天骨

【注】

春鱼鸣：春季东海鱼乐互鸣，声胜蛙噪。

大橹：闽南语，大船。喻远海捕鱼。

桴：二梁。桴鼓：以桴击鼓，指海上战鼓或警鼓。

胡：无。

未承德法：家难承德，国未律法。

釜尘鱼：釜久未煮鱼，生尘。

乌哺：乌能反哺。喻人子孝养父母。晋代李密《陈情表》：“乌鸟私情，愿乞终养。”乌鸟私情：小乌翅膀长成后，会衔食反哺老乌。

俟：等待。

爹：闽南语，父亲。

己饥：语出《孟子·离娄下》：“禹思天下有溺者，由己溺之也；稷思天下有饥者，由己饥之也。”

悽：哀怜；惊怖。

遽：惶恐；窘急。

哀颂·苦孤独

秦人所赋《黄鸟》，其哀颂之始。

魏晋以来，七哀八颂盖萌于此，然不徒作。颂者，有节谊之高，文学之懿，政治之美，是足以起思慕之心而颂之。然高位厚禄有致人颂者，其多颂誉而非颂德。

吾以哀颂词祭叔，是为其事哀，而为其德颂。颂其一生劬(qú)躬瘁力，笃厚以人，而迈急先终。此当为急亲之理，犹如皦日存焉。而陟岵陟屺，瞻父瞻母，贤否无殊别也。

【注】

黄鸟：《诗经·小雅·黄鸟》。

劬：劳苦。

陟岵陟屺：《诗经·魏风·陟岵》：走到高山上，举头望爹娘。

急亲：《孟子·尽心上》："仁者无不爱也，急亲贤之为务。"

【阅鉴】

此词是对"破坏海洋环境，竭泽而渔；破坏自然村落，渔无耕地"的控诉，呼吁建立"耕有其田，渔有其海，老有所养"的基本生活保障。

【诗意】

何独独

立秋日，惊悉吾叔不忍累及妻病已先终。作祭词，告人子：立秋后，父亲节。父亲节重，莫空戚！

哭我叔，如电抹！
荷撑风雨秋亦枯，
碧衣有到无。

浪中豪儿难回溯，
结网目目忧。
海无路，
耕无土；
潮阔独悠悠，
囊羞泪先流。

一愁米盐油，
再愁医药缺，
更悲妻疾钞无筹。
家国不德法，
人老苦孤独。
乌有反哺情，
人莫不如畜；
不牵儿女累，
西行了归宿。
从此离人，
不再关明月，
何独独?!

壬辰·秋月·北京

【注】

病：郑玄注："疾甚曰病。"

抹：犹电击貌。

枯荷：衰荷，风雨颗颗泪滴滴。

目：是指网目；网眼。

家国不德法：家不承德，国不律法。

离人、关明月：引自苏轼"月有阴晴圆曲，人有悲欢离合"。

五绝·界鱼石

风折旋朔云，

壁洞泉鱼生。

非子鱼吟乐，

石为俶警醒。

丙戌·季夏

鱼乐子乐乎

【注】

界鱼石：位于云南汇川县境内，星云湖与抚仙湖中间。两湖万顷碧波，湖水相交，而两湖之鱼不相往来。以界鱼石为记：星云湖中的大头鱼抵石而返；抚仙湖的鱇鱼至石而回。这一神秘色彩，至今吸引旅者流连忘返。

朔：北；北方。

壁洞：指抚仙湖峭壁之下的明星渔洞。因石壁上方亚热带阔叶林遮荫蔽日，壁洞甘泉涌咧。夏季，产卵的鱇鱼逆流而上壁洞，渔人置竹笼于洞内水中；鱼，入笼而捕，未入笼的产卵繁生。这一古朴捕鱼方式，与恬静优美的自然风光，已成当地一道独特的景观。

【阅鉴】

诗首句写星云湖“风折”随旋云之奇；二句写抚仙湖壁洞“泉鱼生”之妙；三句写“鱼”与“子”之别；四句写界鱼石“为儆醒”之警。把“风”“水”“鱼”“人”的外相与内心相交融，引人深思“风”与“云”、“壁”与“泉”、“鱼”与“水”、“石”与“界”的关系，进而悟出“鱼儿性水”的自然哲理。含蓄，婉转，明亮。

【诗意】

水深鱼极乐，
森森壁咧泉；
秦之铜鼓、
削爵的汉；
界鱼石理各有天。

【禅释】

虎山龙水鸥鸟飞，
几重山有几重水。
云碧相潺再起棹，
七星圆月入翠微。

六古・汨罗江

潇湘鼓舵诗兮，
汨罗祭屈子兮；
忠爱魂出骨兮，
怒吼鱼沫时兮。

癸未・端午

大櫓桴鼓

【注】

汨罗江：位于湖南汨罗市。公元前296年，诗人屈原放逐江南，晚年生活，著作《离骚》并怀沙殉节之地。

鱼沫：呴濡。《庄子·天运》："泉涸，鱼相与处于陆，相呴以湿，相濡以沫，不若相忘于江湖。"谓湖沼枯竭，鱼吐沫以相互沾湿。喻同处困境，互相救助。

【阅鉴】

颂扬汨罗江，是古今诗人最乐意之吟咏。用潇湘早鼓，兴起屈原诗魂；以鱼沫相濡，衬托国人的忠魂之根；把离骚雄风，相承于怒吼声中；犹似"神丰而阔大""一唱且三叹"的雄古遗风。这是民族魂的标音、符号。

【诗意】

天 问

天问无悔，
我等春雷。
为民生，
恶妩媚；
水荡荡，
涤胸垒。
为国死，
慷而悲。

风啸啸，
丹枫醉。
高吟三千诗未已，
信等圣时会。
赤县生风雷。

【禅释】

林热鸟开口，
爱极魂出骨。
万般苦楚调，
千年离骚哭。
沧浪老人歌，
浊浪濯吾足。
不解此圣谋，
虚遣天问读。

五绝·睡罗汉

枕漱江湖客，
提携日月长。
愁琢诗遣兴，
吟咏转凄凉。

壬午·秋末

曦源复生

【注】

睡罗汉：又名睡仙佛，位于湖北兴山县建阳峡，由7个小山峰组成。张嘴合眼，腹部凸起；两脚相并，仰睡天际间。夕阳和夜月，从东到西，经睡佛口中穿过。民谣云："万里遥遥天，奇峰卧老仙。张口吞日月，呼气吐云烟。鼾打雷声响，雨幕似帐帘。梦想古中事，脱帽于人间。"

提携：提日升，携月伴，日月互长。

【阅鉴】

题目是"睡"，自然由睡写来：以江枕敧，用云漱口；提日伴月，口吐星辰；悠哉世外，睡者罗汉。接着，诗人愁琢：何以如此雅兴？真正可爱天风流也。于是，感慨作结：世人咏吟涤尘渡，凄凉过后且返愁，是其不知随时顺以。

绝句章法整齐，应照了然，意韵清长。

【诗意】

谓吾阿罗汉

佛祖谓吾阿罗汉，行而未行自在天。
江海日月衍万灵，竭泽而渔断生源。
愁琢世人急又贪，强光催产出孬蛋。
椭圆地球众生居，载道滋物共延年。

【注】

阿罗汉：意无喧、寂静、无诤。

行而未行：实无所行，不执著于所行之行。

【禅释】

气象赋诗成，春草不曾歇。

七绝·鸂鶒子

xī chì

仳离红蕊漫愁思，
歌醉陂塘拂凤池。
明月夜光情勿色，
矜夸捧打鸂鶒子。

甲申初春·洛阳

月光色

【注】

溪鹕子：水鸟，大于鸳鸯而色多紫，亦称紫鸳鸯。

仳离：特指妇女被遗弃而离去。

【阅鉴】

此诗有三种解释：一说有喻武则天；一说写弃妇之怨；又说或许两者兼而有之。以上几说有些许理，但无予置定。

从诗写夜景而渗入感慨去论，诗的主题有借月光启迪世人：明月夜光"情"无色。不要为色所迷。情乱，愁思滥漫；醉歌，必陂塘凤池；"矜夸"溪鹕子，反又"棒打"之。有近于情乱的妄迹。溪鹕子，虽为伤情诗，情伤不落泪，更加重了伤情的力度。

溪鹕子，实是对当今诸些如类现象的暗喻与醒警。

【诗意】

月光寒

春臼之声，
在寒夜月光下，
杵得杨柳幌动，
荷花凄迷；
漫天愁绪，
秋雨将袭；

枯蓬乱飞，
身何依？
酒为奴，
醉为家；
月斜，
云低。
风乱猛兮，
茫茫海岸；
吾独快意。
孤舟去！

【注】

舂：用杵臼捣去谷物的皮壳。

臼：舂米的器具，一般用石头凿成。

杵：捣物的棒槌，泛指用长形东西捅或戳。杵乐，杵舞，指手持长杵上下捣击，随之歌唱并舞蹈。

【禅释】

漂泊且有歌，碧草芳无人。

七绝·蝶飞花·忆永慈

花飞减春风万点，
蛱蝶传羽共流转。
相赏相违新诗老，
涅槃大德且返年。

癸巳·正月

华顶归云

【注】

永慈：天台山慈恩寺永慈法师，与诗人有素缘。

返年：永慈法师于2008年2月20日圆寂，时寿九十五岁，坐缸三年另六天，开缸显舍利真身。体比生前小，貌回青春颜，掉了的牙齿又长全。为天台山第六尊肉身菩萨。

【阅鉴】

诗忆天台永慈法师，圆寂三年，肉身舍利真现。万物流转共音，诗魂充满喜悦。一念惜物，羽蝶来回；神交维天，诗臻妙境。

【诗意】

想起那快乐的山峰

曾记得，
你运来龙山之水，
把瀑布升上天空；
按神的旨意，
又唤醒了罕世的人工古洞。
你高兴得如小鸟，
迎宾送友相接踵；
快乐了这幽谷山峰。
你幸福地逝去；

后三年另六天的清晨，
你又以舍利真身，
再次人间圆梦。
我问：
不可思议？
万德圆融？
你问：
我空？法空？
花飞蝶，蝶飞花，
天地人同。

【禅释】

精灵剥后还归复，始信禅门不坏身。

陇上篇

陇上行 法然日月

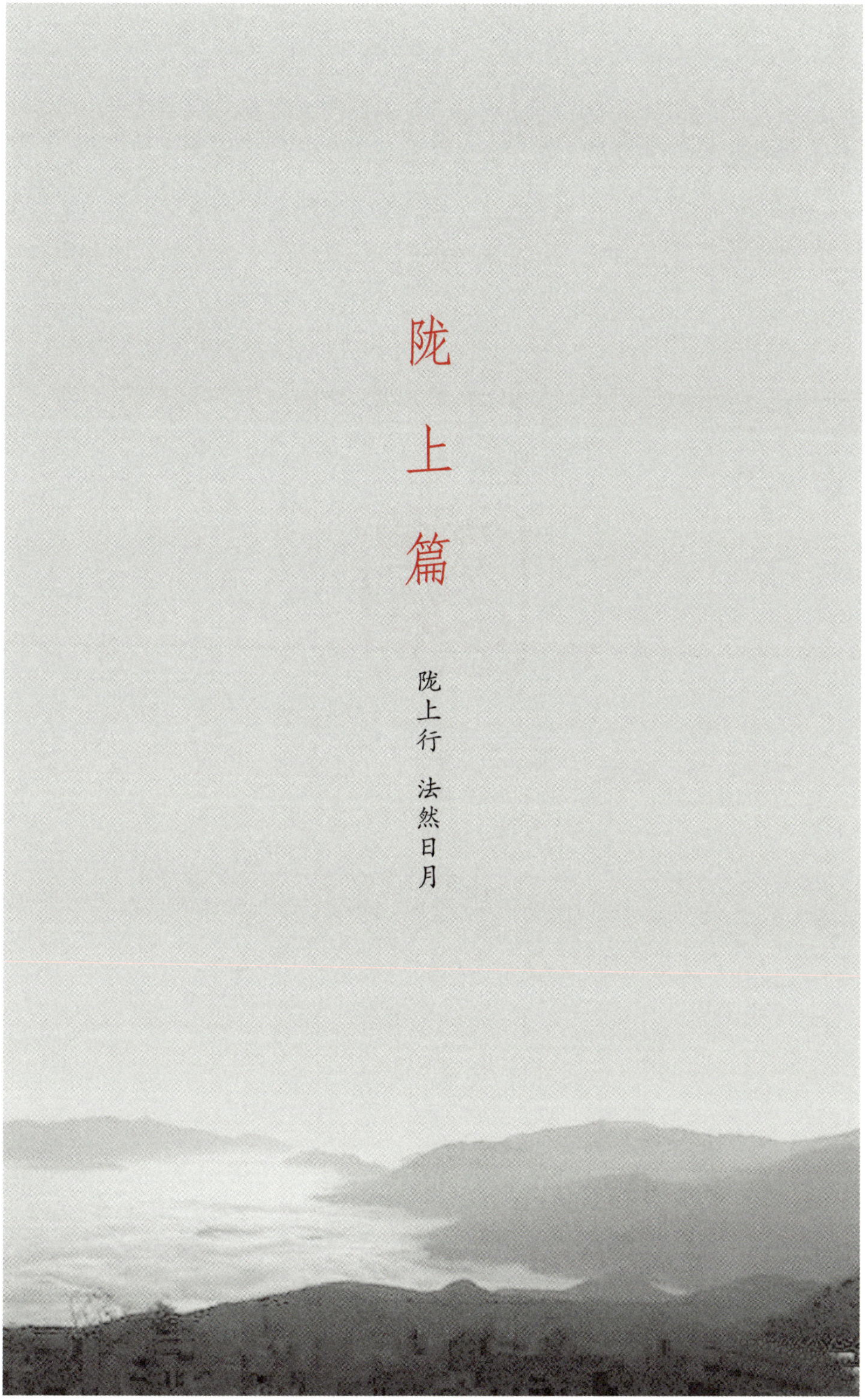

法然日月

五言·苏北五箴

长江烟水后，出巘不逢山。

泽国盐碱地，何处临高揽。

落日见沙鸟，岂陡为美观。

xì pái chèn
昕闻庄舄声，同伍解俳谶。

máo
响水四鳃鲈，配茆曲张翰。

越女天下白，洪泽五月天。

biǎn huàn
淮阴蔬梱蹄，窆信逭勾践。

许子迷镇江，金山推人远。

莫谬大东诗，辄记以自缄。

喧厌如浮沤，了悟一键关。

hóng xiā
行洁材敏滋，奥衍闳閜宽。

磨砺少年志，牛棚心亦安。

měi
歌泊出冈屺，林杪⿰火微圆圆。

庚辰·冬末

自牧归荑

【注】

苏北：江苏长江北部滨海区域。

箴：箴言，规诫。

巘：小山。《诗经·大雅·公刘》："陟则在巘。"

庄舄：庄舄越声，思乡之吟。

俳：诙谐；滑稽。

谶：一种预言。如符谶，图谶。

响水：江苏响水县。

洪泽：江苏洪泽湖。

淮阴：江苏淮阴市，因淮阴侯韩信而名。

茆：水草名，江南称莼菜。

张翰：晋代张翰莼鲈美。

窆：落葬。

逭：避；逃。

键关：门闩。横木为关，竖木为键。

衍：水广布或长流，引申为展延。

闳閜：闳，巷门；閜：开口貌。如，闳在其中肆其外。

泊：时指苏北平泊之原。

杪：树木的末梢。孙觌《西山超然亭》诗："孤亭坐林杪，俯见飞鸟背。"

嬍：美；使物美善。

【阅鉴】

本诗章法整齐，迴护照应清晰。苏北盐碱地，引出五箴语。一箴一嗟叹，一箴一哲理。奇趣荡胸襟，可作史诗读。

【诗意】

江北佬

一

碱滩影月低，蟹肥萧风疾。
客至卧苇蹕，窅(yǎo)境绝转奇。

二

江北琉璃滑，涟漪青潇洒。
声雁霜露白，阜塩辽鹤家。

三

寒醑(xǔ)垒有炉，一夜十年错。
暖苇过百陀，雨打梅花瘦。

【禅释】

云偷风岚成紫色，鹰雄雁关高飞岸。

七绝·神农艄公谣

竹溪岬峪十八湾，
长水牵山云一片；
岚横冰释雾朦胧，
峰是船舵云是帆。

己丑·仲春

闳肆外

【注】

神农：神农架，位于湖北神农架林区。境内山峦叠嶂，峡谷纵横，风力气候各异，有“春夏秋冬不易分”的独特景观。

十八湾：十八里长峡，位于湖北竹溪县境内。两岸峡谷，清流蜿蜒奔泻，绝壁藤木倒挂；古洞成群，飞瀑比是；终年云雾缭绕，崖石隐似仙童、玉女、佛祖，让人心旷神怡，且神秘莫测。

【阅鉴】

绝句之法，在于婉曲回环，删芜就简。诗写艄公辛劳，全集于驾舟经验。水雾岚嶂十八湾，峰是船舵云是帆；舟驰自如似水鹞，而笑容神韵遥见。

诚如老子曰：“善行，无辙迹”；因顺倾理，至简至易。以道接物，虽千里之外必应之。

【诗意】

艄公卖鱼铭

艄公东海与子说：
帆为舟力，
节为人俨；
理明贵全，
鱼腐不堪。

此卖鱼歌，
代相唱传。
请心记：
竹子无节难通人，
树枝划窗勿说晴；
笃蹦黄鲸不零卖，
穿肚杂鳞莫上门。
代相传，
卖鱼铭。
如铜铃，
响至今。

【注】

俨：庄重，恭敬。
笃蹦：健壮，鲜活。
黄鲸：特大黄鱼，渔人视之为珍宝。
穿肚：指鱼腐，喻迂腐。
杂鳞：小鱼，小虾。

【禅释】

俯视左右江几万，峰作舵来心是帆。

七绝·骊山绝顶

背郭缘江俯近郊，

八峰环侍龙头渺。

寺孤霱(yù)寂骊山静，

声雁人字仰天高。

辛卯·暮秋·西安

骊山夕佳

【注】

寺：仁宗庙，又称人宗庙，为女娲古迹。汉文帝的佞臣欲作露台，文帝惜百金中人十家产而止。民感立祠，称“仁宗庙”。位于骊山绝顶。

霱：通矞。矞云：彩云，古为瑞征。矞云翔龙。

【阅鉴】

这是一首颂咏骊山绝顶的抒情诗。首二句概述骊山形胜：背郭，缘江，俯郊，八峰环侍。读诗至此，似乎骊山之景全无遗了，已无景可绘。不料三四句，竟由骊山绝顶的寺之高寂，转出声雁“人”字，别开境界地点出：天大，地大，人亦大的主题。一片天机，纯乎自然。诗颂仁宗，且含意至深：仁者人也。天地一杆标准，唯此而无它矣。

【诗意】

仁宗颂

骊山之顶，
有一庙号仁宗。
颂文帝惜国民之资，
止建露台；
后世赞为尧舜遗风。
哀叹禹后私夏起，
凡权盗雄雄。

至清末慈禧，

竟淫独罔公；

一餐百道佳肴，

匹国珍宝幻荒冢。

富腐相动，

无央数难；

终空梦！

醒了，

同众生行，

平等大公；

邪不敌正，

假私难容。

快把权之魔杖，

砺成护民之龙。

这是惩腐之剑，

这是慧法示现；

历史，妙不退转。

仁者，

真正的公碑大颂。

【禅释】

枫林天醉梦惊秋，寒食无火忆前人。

七绝·骊山宴与歌

笛短箫横剑舞筵，
壶空酒百醉桃扇。
灯影疏雨泪纷飞，
崩玟雪蹄纵马还。

壬辰·冬末

虎虓虢仰

【注】

歌：唐骊山华清宫，玄宗与杨贵妃演绎《霓裳羽衣曲舞》之地。

珓：占爻工具。用蚌壳或形似蚌壳的竹、木两片，掷于地，观其俯仰，以占吉凶。

马：玄宗回马贵妃死，霸王别姬英魂还。

【阅鉴】

借一山慨咏汉、唐两次大转折。汉骊山鸿门宴，唐马嵬长恨歌，根址皆在骊山。

“剑舞筵”，“醉桃扇”；“泪纷飞”，“纵马还”。不以史家论，而用常人解。二十八字诗，二十八层意；意连层次清，吊古悲不已；人人皆警之，是为奇。

【诗意】

骊山宴歌渔阳鼓

京剧锣鼓齐喧，
武生铿锵腔板；
贵妃醉酒，
唱得明白，
醉得心酸；
霸王别姬，
别得情真，
无悔晚战。

剑影潇洒，
泪如雨花；
扇舞摇曳，
乌骓悲天。
分不清往昔，
昨天，今天，明天；
几度阴晴，
几度欢？
宴与歌，
歌与宴；
是悲，
是欢？
是嗔，
是颠？
忽忆起昆曲，
纵然想唱出：
一个理的剧，
诗的篇；
回的现实，
全是枉然。

【禅释】

客对雪山孤，江喧水气浮。

鸟栖一枝安，朝夕有樵歌。

五绝·暮登观星台

秋林花叶黄，
嵩嵝石卷浪。
萤近星无迹，
攸舟水泛光。

庚寅·深秋·登封

月钩夜汐

【注】

观星台：位于河南登封县，最早定出24节气、推算出回归年为365.242天的《授时历》，比公历早300多年。

嵩：中岳嵩山。麻九畴《送李道人归嵩山》诗："仰嵩仰嵩，雨濯云烘。"

嵝：山顶。

石卷浪：嵩山其巅，有石船浮戏云海之景观，号"石海荡舟"。

攸舟：水推舟；顺水之舟。时指月亮如舟，悠荡在湛蓝天空。

【阅鉴】

诗以"花叶黄"对"石卷浪"，静中有动；"萤星"契月舟，动中有静，织出一幅嵩山秋月图。

诗一反前写景，后叙情的古法。前二句写暮秋山林，后二句写夜观星月。看似主题两分离，但作细推敲，是紧扣主题。"萤"从林中出，蓝光嵩浪为；天波涌月，悠舟空寂。月钩泛汐，语从诗中出，顿觉徜徉有味。

【诗意】

月钩夜汐

我看月钩夜汐，

万物冇睡。

带鱼，鹤的羽化；

鹤，鱼的放飞。

月光下的萤火虫，

是木火灵童蕴育；
哦，
若花化蝶，
你怨谁？

仰观星河，
品鱼罟，
烛影鸾追；
翀势犹壮，
迎与春水。
金山漫，
树成苇；
呵，
法海蟹，
不须归。

【禅释】

疑是凌霄界，足下四季花。
柳枝风楼月，蕙馨梦幽谷。

七绝·悼昭君

塞外冰姿世外心，
方山峷堵垒君魂。
留芳垂世不从论，
寝庙怀华谁对樽？

庚寅·盛秋

月海秋棠美人魂

【译意】

天上白云塞外心，
入土东望归乡情；
垂世芳名身后事，
庙祀美昭慰君魂。

【注】

方山：昭君坟状方形山，远望呈青黛色，又称“青冢”。

窣堵：浮屠；佛塔。

寝庙：安庙。“宔庙于寝，使魂有依。”《诗经·商颂·殷武》：“寝成孔安。”

【阅鉴】

此为悼昭君诗，首句写昭君“塞外”忠骨，超然世外；二句写昭君死后方形“空塔”，仰而肃敬；三句“不从论”；四句发问“何无庙寝？”一改不睥空名誉，引人深省。

诗人感叹：美人独孤！谁与对樽？把女杰心声与爱国之魂，写的形魂交融，独步千古。

【诗意】

月光之兰

我是一株兰花。

在山不闻名，
出谷便芬芳。
草原花儿弯下身，
我对着雪莲而歌唱。
离家远，
离天近，
影蹋满穹星光。

驼铃声，
摇起东方之光；
我把悒之郁，
洒向敦煌。
南归鸟，
赠我翅膀；
驮着月，
我放飞翱翔。

【禅释】

一杯荒土埋空冢，百世精华谁谌收？
风月一头陀。

七绝·莲花洋

佛顶山上望西去，

白莲十丈海天低。

雁空点点音声远，

衣襟风寒千帆唧。

甲申·暮冬

潮音慈云

【注】

莲花洋：因宋时日本人欲载观音像回国，海生铁莲花阻渡而名。每当午洋瀑潮，能见波涛起伏状似千万朵莲花。

佛顶山：普陀山主峰，远眺诸峰若拱，峰顶垒垒如杯瓢，覆于积水之上。

唧：喷射；射水。

【阅鉴】

佛顶，为普陀山最高峰，四面环海。望西，是莲花洋。

诗人身临其境，以景抒情；衣襟风寒，悲悯海天。白莲十丈，海云天低；雁空点点，千帆灌唧。观音如是，悯弱慈悲，不能归去。

【诗意】

莲花之慈

最柔之情，
来自至纯之源，
慈是理想的火焰。
每一声求难，
必于至慈妙护，
善一切有缘。

慈是兹心的同悲，
如露之水，
在阳光升起前，
把万物滋润、呼唤；
是母与子的净信所感，
满心喜欢。

此时的平等，
慈心相连；
彻法底源。
终于，
把慈的兹心受益众生；
善哉，赞叹！

呵，
修心在慈，
修心在愿。

【禅释】

矫然江海思，复与云路永。

沁园春·二龙山

何处珠光？
yáng
子夜升旸，
岑寺虹墙。
xū
欻星空晃佾，
xiāo xì
虎虓虩仰；
金瓯论对，
棹雪旋冈。
wāng
银树尪娈，
háng cuì cài
修吭綷縩，
lù
逯万峰天醉游郎。
xuān
晅翻月，
鹤阵驱四极，
lǐ jù ē
峛岠阿张。

彤云远岫融岚，
蓦嶂上冰溪冷菁香。
fèng
风递丝雨起，
南鸿翅壮；
juàn
黑琴眷圈，
xìng
荇彼兰江。
瑶圃浮英，
xā
高岈与映，
妙百灵莺歌陂塘。
骧回首，
有扁舟倚渚，
在水中央。

辛巳·二月·哈尔滨

艮

动静不失其时，其道光明，君子以思不出其位。

逯万峰天醉游郎

【注】

二龙山：位于黑龙江哈尔滨东郊宾县境内。

旸：太阳。旸谷：古代传说中的日出处。

欻：忽然；迅速。

虎虓：咆哮的虎啸。

虩：恐惧。

尫娈：行不正，美好貌。

綷縩：衣服相擦声。

逯：随意行走。

峛崺：连续不断的大山。

蓦：骑。

眷圈：森林黑斑禽求偶眷恋，跳起大圈舞，曰眷圈。

【阅鉴】

词的前阕，以二龙山雪夜绛阳，斡旋天地的奇观，点星梦天诗人一行“金瓯论对”，“棹雪旋冈”，“逯游万峰”，曦源复生的奇趣。

词的后阕，以“蓦嶂上冰溪冷菁香”，引应“彤云融岚”、百灵陂塘章新的江南二月。

“冰溪菁香”，是心写下的春的温柔。

雪山风拂的丝雨，北江扁舟横渚烟云的水上，是破冰的春吻。

信手写来，文华日月，精彩生动。

【诗意】

一茎花的梦

心中的夜，
深得没有底，
静得没有声响。
吹着凉，
雪伴着荧光；
轻似蝉翼，
折出缤纷的彷徨。

一茎花的梦，
伴着心香，
相信千里外，
那片丹枫的火金黄；
秋风里碰撞，
碎裂后的细屑，
正恋着春的脚步奔放。

除夕的烟花，
不是花，
是霞光的幻想。
雎鸠关关，
荇彼湛蓝的寂啊，
是守候旭阳，
那膜拜的辉煌。

偶憬篇

憬悟魂吾高美之真谛

魂吾高美

七绝·登古棲云禅寺

夏至九日，独往禅院。晨光熹微，沐雨上山。载欣载奔，秩秩斯干。满冈松樟，小径幽兰。丘壑辽敻（xiòng），不见其巅。穹窿忽亮，钱塘如练。风舒云卷，气象万千。一吐抑塞，妙觉参禅。

淅淅沥沥雨中行，

渐远渐没（méi）喧闹声。

盘亘羊肠绝尽处，

黄门瓦舍呗（bài）佛经。

丙子·初夏

乾坤宁

【注】

棲云禅寺：杭州一隋代古刹。

夏至九日：这一天，杭城天降百年未遇大雨。

秩秩：水流貌。《诗经·小雅·斯干》：“秩秩斯干。”郑玄注：“秩秩，流行也；干，涧也。”

敻：通迥，远。

呗：赞叹，佛教中所唱的赞偈。偈：译为“颂”。

【阅鉴】

我们这个时代已经拥有了多元文化；诗人寄人性、自然美及人生信仰于新的探索中。

这首参禅诗，实写雨中登古棲云寺。把“风雨”人生，“渐离”喧尘，与羊肠小道“绝尽”处，跳出“三界”有新天，明白如话地阐述出来。

“空”而悟，“绝尽”而开新篇；打破思维的定格，获得全新启迪。

【禅释】

一

渐出烦尘风雨息，
憬然有悟开新觉。
明镜止水以澄心，
无念灵明光霁月。

二

古刹呗声空悠远，
超迈山川荡世间；
远望青山无寸树，
极目绿水无波澜。

七绝·渔觞

浪摇摇，云飘飘；一扁舟，海天罩；
少鱼虾，梦掬掬；何复如，浪摇摇。

空带愁归斜径迷，
欷(xī)歔(xū)酹酒祭天西。
籍凭汩(gǔ)泪风吹晞(xī)，
驾梦云帆复浪里。

辛巳年孟冬

汩汩吹晞，
云帆复浪里

【注】

渔：捕鱼。又谓侵夺取之。

觞：滥觞，江河发源之处的水，极浅，仅能浮起酒杯。喻事物之始。

欷歔：叹气；抽噎声。《离骚》："曾歔欷余郁邑兮。"王逸注："歔欷，啼貌。"

酹：洒酒于地祭奠或立誓。

汩：涌出的泉水。《庄子·达生》："与汩偕出。"时指泪如泉涌。

【阅鉴】

这是诗人悼念儿时挚友渔人邱岩泉的诗。

诗以"浪摇摇"起首，又以"浪摇摇"结序。把海天间渔人的"无奈""烦恼""迷惑"，与其登岸后"斜径迷"，"空带愁归""欷歔酹酒""风晞汩泪"，作欲诉而哭的记录。其状，环环紧扣；其心，永难解脱。最后，渔人"驾梦云帆"，复归"浪里"。仍是一场"醉死梦生"的身心悲苦。

渔人路在何方？诗人情达至悲，激发了人类与自然的思考。呼吁地球重新变成绿色，回归自然的完美。

【诗意】

渔人之泪

面对大海自然资源严遭破坏，渔人奔波四海，梦掏无鱼；泪祭天西，非命南海。

【禅释】

对自然资源的掠夺，到了枯竭的尽头，人对人的掠夺就会开始，并且将无有安宁、休止之日。

四言·圈雁

观公园圈雁，遣人心覃忧

大雁孤咕，
离群独处；
翅羽乃剪，
贯鸭贯鹅。

乙酉冬日·北京

雁孤沽，贯鸭鹅

【注】

遣：教。元稹《琵琶歌》：“莫遣后来无所祖。”

覃：延；伸。《诗经·周南·葛覃》：“葛之覃兮。”

咕：自语。

贯：养。

【阅鉴】

人类商业行为对保护动植物的公然侵害，进一步激发了诗人忧患于自然，忧患于未来。

近世异疾乍起，不无与伤残生物体有关。

培养慈善心，是人类修为标尺，更是处世的秘诀。

人性得以尊重之时，自然方可回归完美！

【诗意】

尚利何止

客至迷不解：
缘何圈飞雁？
唯利丧天良，
惷愚不忍观。
嘉年吉庆祥贵和，
瑞世洛书河图出。
鸿雁翅剪不得飞，
哀鸣声声吁天廓。
吁天廓！

人为雁悲哀唤不得辍。
呜呼！
主贪奴愚，尚利犹未足。

【禅释】

雁南一人字，
天鸡信义司。
唯象同所共，
能令心无私。

【注】

雁南：鸿雁为候鸟，入冬既南归；不计路万里，奋击往回飞。

信义司：雄鸡不觉阴霾重，恪守信义司晨起。不为风雨变，志坚信不移。

七绝·谒严光

子陵垂钓七里泷，光武帝权为民用。
贪夫廉而懦夫立，仰止高风孰与同。

dàng
簜翠梧高子陵滩，

江灯隐映溢青寒。

七里龙吟千山静，

万丈丝纶一钓竿。

戊寅立冬·桐庐

师

王锡命，怀万邦；地中有水，容民从之。

七里泷潺千山静

【注】

严光：严子陵，汉光武帝刘秀之故人。

七里泷：又名子陵滩。有严子陵祠，北宋范仲淹建，有《严先生祠堂记》传世。

簜：大竹。

千山静：桐庐山高林密，雨时静寂，唯闻七里泷潺之声，故有“七里泷潺千山静”之美誉。

丝纶：时指皇帝诏书。

【阅鉴】

诗人让千山静下来，听一听中汉复兴时子陵滩的一次对话，那是汉光武帝刘秀的“万丈丝纶”与“一钓竿”严光的美谈。

为帝者息己雄心，思民常心；

垂钓者无己私念，唯期帝权为民。

弥见古雅中，诗人以“江灯隐映溢青寒”，表现子陵滩入冬萧苾的怅惘，感慨两千年前古贤高风而今人惭愧，旨在“民权为上”是人性其必的辉煌明天。

伤感中寓有悱愤之情。

【诗意】

七里泷的声音

仰止富春江，响亮七里泷。

丝纶牵不动，钓竿永清风。

子陵滩哦，

从梅城到钓台，
蜒袤四十里。
一江如带，水皆缥碧；
夹岸高山，绣峰锦岭；
好鸟相鸣，嘤嘤成韵；
泉水激石，潇洒清绝。
李渔感叹：
仰高山，形容自愧；
俯流水，面目堪憎。
呵，
鸢飞戾天者，望峰息心。
经纶世务者，窥谷忘返。
万世师表啊，
高者而来，浊者不近。

【禅释】

松间明月朗空灵，身外浮云自飘沉。
天骨最开张，其睿智高风，唤醒不少无知的人。

四言·咏萍

青柔椭圆，婷婷翩跹；莲襕水上，妩媚姗姌（rǎn）。

叶枝对生，白华舒卷；风剪芙蓉，锦池若兰。

经雨涤瑕，水逢乘远；自善寻幽，随所尔漫。

垂地美发，不羁琼轩；永无牵游，期邈（miǎo）云汉。

麀（yōu）鹿鸣友，谢公食甘；敌蛇去毒，毋用金旋。

寒可烘暖，余之肥田；连草带根，悉奉芹献。

青青之萍，汀湫淑媛；性本离尘，嬿（yàn）婉皭然。

漭漭驰萍，汀泆（yì）淑媛；情亦洁柔，独立水天。

戊子仲秋·京郊·绿园

青萍淑媛

【注】

泽：高下不平处的急水。

尔漫：华丽；随意。

羁：在外作客。

邈：高远。

麀：牝鹿，雌鹿。

鹿鸣：《诗经·小雅·鹿鸣》：“呦呦鹿鸣，食野之苹。”

食甘：谢灵运《拟魏太子邺中集诗》：“自从食蓱来，唯见今日美。”蓱，古同“萍”。

金旋：以金盘旋。

湫：水潭。

泆：通溢。

【阅鉴】

纳诗经之平仄，形体声韵；

咏萍之本性，自然天真。

这是一首咏萍而寓人生的诗。

诗，不但赞颂萍的形貌，写萍顽强生命力，重要的是以萍寄托人生情怀。全篇除前八句写萍外貌，余二十四句皆以萍的诸多优良品格，比喻人的一生。写得非常传神，每句都让人联想感慨；心中的郁闷，就以萍的这种微妙舒绽排放开来；每一个平凡的人，都能慰藉一生而无悔。

“性本离尘”，“独立水天”，让人向往，并对现实也有发人深省的鉴戒作用。

萍，其形固可绘，其情尤可表。

以萍识德，谁敢心思放荡，而不劬躬瘁力！

【诗意】

萍者，平之者

人生如浮萍，萍喻人一生。
立于天地间，性洁本离尘。
浮水风卷舒，鱼唼净须根。
自由自在身，多索多福命。

【禅释】

浮萍无根，人贵自立。

七绝二首·梦陆翁南烝而歌

陆翁赠予《瀑图》谓：斯人爱国休如瀑。迨其逝后十年凡三夜，梦陆翁潸涕如泉，啸歌自强。觞莫侑(yòu)，会不明。维躬南烝(zhēng)。时雪霏霏。

一

向汝几(jī)怀泪满衫，
维风及雨晚晴轩。
夕寒霿淞(mèngsòng)白云乱，
乐箸蓝峰雁瀑悬。

二

瀑泻海流奔漩门，
腾迥覆转力拔山。
雄狮怒吼朔风急，
正洞龙翔始应还。

癸未冬日·燕京

雁荡龙湫

【注】

陆翁：陆俨少，著名画家，斋号“晚晴轩”。

烝：冬祭，古代祭名。

休：喜欢，高兴。《诗经·小雅·菁菁者莪》：“既见君子，我心则休。”

如瀑：公元1984年，陆翁俨少赠予《雁荡云瀑图》谓：“你看这瀑布，它撼山裂石，一泻千里，宁肯跌落山崖粉碎，也决不改变奔向大海的信念。我们对祖国的爱，就要像瀑布那样——忠贞不渝。”

啸歌：吟咏；歌唱；边哭边唱。《诗经·小雅·白华》：“啸歌伤怀，念彼硕人。”

侑：劝。

维躬：弯下身去。

几：将近。

霿淞：寒甚，霜滋于木。

乐箸：乐用筷子。在不能国画的年代里，陆翁想出以筷子代毛笔，在桌上画不留痕迹的国画而快乐。

漩门：雁荡云瀑驰向东海，先入玉环漩门。漩门涛声播十里，蔚为壮观。

雄狮怒涛：东海大鹿岛有雄狮岩，面对昏天海涛怒吼不已。“雄狮怒涛”刻石为陆俨少书。

正洞：东海披山洋有一小岛名。洞圆悬浮海面，光彻如圆镜圆月。相传，早年有蛇精在此吐雾昏暗天地，金龙腾起奋击，穿山正开一圆洞。蛇精极东逃遁，天宇复清。

【阅鉴】

苏洵曰："贤者不悲其身之死，而忧其国之衰。"

诗人赞颂画家生前"爱国休如瀑"，死后"啸歌当自强"。首句写梦境，余三句忆述画家一生。"乐箸"，实写画家悲苦中的执着。"蓝峰"，意写雨后天晴。"瀑悬"，实指其景，意指其心。笔端思绪万千，让人鞠躬自省；化慷慨为象征，有不可胜言之悲。

全诗五十六字，尤其第一首二十八字，字字辛酸，句句是泪，有着很强的感染力。反复咏叹，言婉情深，耐人寻味，读后回肠荡气。

"雁瀑悬"，是爱国者"拳拳赤心"的写照。

【诗意】

瀑布的爱国魂

箸笔扫霾歌瀑布，
跌落粉碎不回头！
如斯健骨，如斯魂魄，
俨然少有大丈夫。
一身淋漓正气，
呼唤迷世人性回归！
背影甚为落寞，

气象盖吞八荒；

臻独超越。

【禅释】

修得一身豪迈气概，穿越千载。

民气为国之根本。会不明，觞莫侑。

梁亦夫诗词

一震

惊远而惧迩也，君子以惧而修身。

二明夷

明入地也，用晦而明；明四时而得位。

思远人

七绝·语别悟道

花飞送客燕传语，
幼妇杨修妙觉地。
白鹤苦桃忍辱道，
岚拂东岌一蓑衣。

丙戌·仲春

莲花思

【注】

悟道：佛教普陀山方丈，新昌大佛寺住持。大佛寺建于东晋永和初年，是中国佛教汉化的发祥地。佛教般若“六家七宗”，有“五家六宗”创宗者源自大佛寺。寺内有南朝齐梁年间开凿的石弥勒佛像，世称“江南第一大佛”。

幼妇：上虞曹娥碑，传为王羲之书。蔡邕夜摸其文，题“黄绢幼妇，外孙齑白”八字，杨修解“绝妙好辞”。时指悟道在“妙觉”地共论《妙法莲华经》《金刚经》诸妙理。

白鹤苦桃：引自寒山诗：“白鹤衔苦桃，千里作一息；欲往蓬莱山，将此充粮食。未达毛摧落，离群心惨恻；却归旧来巢，妻子不相识。”

忍辱道：句出寒山“欲行菩萨道，忍辱护真心”。

东岌：普陀东极岛。岌：高过；引申为山耸起貌。

蓑：即蓑衣，时指悟道法师。

【阅鉴】

这是首近于寓言的对话诗。

花送客，燕传语，话别妙觉地；如白鹤，衔苦桃，忍辱道成一蓑衣。借物兴起，一唱一和；咏物说人，喻事寓理；仿佛故友仙会，亲切，纯粹。醉！醉！醉！

【诗意】

莲花思

你于莲花山出来，
又到莲花洋入定。
月夜，
我在莲花池边；
一阵清风徐来，
水响荷叶摇蜻蜓，
荷涚水影孤伶仃。
萍动鱼游浮水来，
水波涚圈成两人。
莲花入我心，
君形入我身，
莲花池边我思君。

【禅释】

秋江月城低，
对莲遥相忆。
雁人不归，
离情尽寄。

星梦篇

星梦复曦 文明盛世到来

星梦复曦

七绝·旅夜书怀云锦杜鹃

盛春夏临时，天台千米华顶之巅，霞光紫翠雯连穹，岚影浮树暗摇红。近之乃花海，邑呼云锦胜云霞，树高十丈簇千花；花大如荷几万重，寿逾千年柯如龙；人行花下似伞冠，丽眉冠伞仙域中。风吹花晃漾，人醉花丛间；妙不能忘天下绝，琪树琼花蔺天外。

硕人美树，岂不尔思；千岈返驰，星廖而至。

心驰恒月贯千重，

岚影浮树一春风。

择得美人云外来，

伞冠锦帔(pèi)入房栊(lóng)。

丙戌·四月

丰

雷电皆至，大明以动；日中见斗，而况于人乎。

驰月而得美人归

【注】

薾天外：光彩盛貌，关住了彩云于天外。

恒：心以舟施，曰恒。

恒贯千重：恒心何有山千重，思至万川一阵风。

帔：披肩。霞帔。

房栊：有花的窗，时指庭院。

【阅鉴】

“心驰恒月”，是对自然恒美之追求，雷厉风行。

恒，阴阳会合，日月长流；心，怀亘古之美而美。

跟随了月亮行程，等到日露刍脸，是月下完整的霳熠？还是朝霞中凌峨锦帔？

其实，是自然造就了人类美，而使人更爱自然。

守月圆日，是华夏文化的至高礼节。

诗人的守月圆日，不止找到了光明，寻到了自然，更得到了日月千秋之恒美。

【诗意】

驰月而得美人归

华顶云锦杜鹃，

雅丽婉艳。

匆匆一瞥你，

心驰又返还。

如蓝天恒月，

无时空之隔；
拂晓，
星池峨岚；
复尔仰慕你的美丽，
是仙女漾着云霞，飘然降来。
甘霞浆，云锦章，华蘙罥漫；
蕾万重，柯如龙，影晃霓裳。
呵，
你耸立高高的云山之巅。
渺视鸥鹭不辔尘，
潏湟盛丽玄云关；
降尔遐福人类以吉善。
我，
跂望云海之瑶台，
快遣披云你一笑来；
耳闻八风应律虎籥管；
百鸟舞合共时欢。
心飘然兮晞紫岚，
表灵蕴真谁为传？

忽而暝，
寒拾丰圣演步虚，

灵狮二吼转法莲。

君已见：

羲之拜经台丈人，

智顗风页印灵泉；

苞萼如荷晋昙猷，

五马追隐寒仙岩；

霭云翔龙涌香雨，

太白抃吟葛圃前。

漫空粉红黄白春风醉，

恍晤瑶华入栊槛。

呵，

人间何寻潏湟貌？

我，

乞愿浑忘无量年，

永与花皇共此山。

丙戌四月·天台宾馆

【禅释】

心如恒月贯千重，怿得美人云外归。

【注】

潏湟：神名。《史记·司马相如列传》："前陆离而后潏湟。"

玄：带赤的黑色。

降尔遐福：神灵降福你。

睎：仰慕。

紫岚：时指紫气峨岚中神貌的云锦杜鹃。

表灵：显现灵秀神奇。

蕴真：蕴藏仙真。

寒拾丰：寒山、拾得、丰干。

步虚：梦中寒山拾得丰干三圣书"演步虚"三字。

灵狮二吼：公元2006年5月3日4日，诗人与联合国教科文组织顾问李建军教授一行六人、天台县几位主要领导、寺庙住持僧众，凡两次亲历了灵狮圣吼的神奇。都在凌晨3时左右。狮吼声长达20至30分钟。特洪亮深沉，没有间隔、喘息声。感觉大地沉入狮吼声中。狮吼毕，听得数万亿鹏鹞大鸟"啪""啪""啪"振翅，乌压压铺天盖地向东扫去。心魄，随之振奋。

拜经：王羲之默写《黄庭经》。

台丈人：丈人：古时对圣人尊称。台丈人，即天台紫真白云。王羲之拜紫真为师，在天台山学书六年。其书法的登峰造极，是得了紫真的神助。

风页：智者于佛陇山说法台讲经，一阵清风吹得经页翩翩东飞。智者拄杖随经页逾四里，风停经坠。举目苍峰环列，似一朵青莲。遂建台山高明寺。

灵泉：智者泉。

苞萼如荷：喻指“绿衣尊者”，即晋昙猷，太元末年坐化赤城山，通体绿色。为台山第一肉身菩萨。

寒仙岩：寒山成仙的岩石。传当年太守知寒山博学，定要寒山出仕，寒山不从，太守派五壮士飞骑去追寒山。追至一山前，无路可退。正急时，此山岩开，寒山遁入。五壮士仅抓住寒山一袖，连五马也半身定于岩外。

抃：鼓掌。

葛圃：葛玄茶圃。

粉红黄白：云锦杜鹃花多粉红、黄色、白色。

瑶华：仙花，指花神。

七绝·云上观·答同旅

雾海遮山惊嶂峙，
飞翀天是碧海池。
有晴无雨九霄上，
忆说挂云伏雨时。

辛卯·正月十三·北京

点星梦天

【注】

挂云：河北井陉县挂云山，因四季常有白云缭绕，伏天雨季云挂山腰而名。伏雨时节，山下大雨瓢泼，山上却是烈日晴天。登临其顶，远眺群山似屏，田畴村落如画。别有烟雨洞天。

【阅鉴】

这是诗人与同旅的对话。

诗开说“雾如海”，为“碧海池”作垫。遮山，惊嶂，都从“雾海”出来。碧海池，是驰离雾海，飞翀万里云霄的景色。

忆说，扣住“云上观”的主题，以河北挂云山之景，铺陈“有晴无雨九霄上”的哲理。以科学观比喻人生。诗体，新旧相契；诗语，近似白话；脱尽火气，弥见风雅。

【诗意】

寂明的天空

飞上云层的天，
海蓝宝石般寂明；
九霄之上，
无有风雨，
不见生命。

机舷下方，
云涛风波翻滚。
翀上天来，
有晴无雨；
离了嚣尘。

呵，
风雨阴晴多玄妙；
一方水土，
哺育一方的人。
时光，
太极图式，
孕恒宇宙生命。
你参悟了，
心放平，
也必爱风雨中的众生。

【禅释】
秋高枯荷号风涛，
鹏鹗爽翅凌云霄。

五言·龙吟引

和刘基《豢龙》《东都旱》文

豢龙不是龙，
本原乃草虫。
阳绛鲮鲤紫，
心漫玄驹空。
佯惊称奇绝，
夜穴逝无踪。
旻裂真龙出，
赫临北辰拱。
商陵蚁矢之，
龙怒震其宫。
洛人祈灵蛟，
雨溢东都同。
钵破天赐智，
氤氲日乌从。
澄清韶华泰，
驾凌六龙功。

辛巳年二月十七日·北京

天象无形，
知常曰明

【注】

豢：饲养，喂养。

鲮鲤：俗名穿山甲。

拱：拱卫。《论语·为政》：“譬如北辰，居其所，而众星共之。”

商陵：时小国君主。

矢：通“施”。陈设、排列。

东都同：东都旱，祷蛟出；雷雨顷，皆溢困；始又悔，类叶公。

日乌：踆（cún）乌，古代传说中太阳里的三足乌。李邕《日赋》：“烛龙照灼以首事，踆乌奋迅而演成。”

澄清：澄之使清；变混乱为治平。

六龙：六龙驾日车。李白《蜀道难》诗：“上有六龙回日之高标。”

【禅释】

神州不见真传人，只借钱塘报一声。

叶公儿孙辈们的愚蠢、自私、虚伪的诱惑指针，使其不断走向歧途。

天象无形，知常曰明；不辱以静，天地自正。

【辅】

七绝·五台慈鉴

2003年8月18日，五台揽胜。

晨临东台巅，旭日腾云海；五台五色被，苍穹示祥瑞。星光倒浸玉池寒，重重紫气贯长天。境似披云踏雪来，会凌首阳峨峨岚。洵然文殊师利佛之慈眷。

银河耿耿露泠泠，
五鋆天池五色云。
霭外参(shēn)横晅晢(zhé)地，
凉宵龙哕(yuě)浥(yì)清芬。

癸未初秋·五台至京都

【注】

参：星名，二十八宿之一。

晅：阳光四周的晕气。

晢：光亮；明亮。星星晢晢。

哕：打呃。

浥：湿润。时指小雨刚过。

清芬：指五台山顶秋季那高洁的花草。

【附】刘基《豢龙》《东都旱》

豢龙（译文）

有人献给商陵君一穿山甲，并谎称是龙。君大悦，问龙吃什么？答：蚁。商陵君派人饲养。有善者对他说："此非龙，是穿山甲。"商陵君大怒，将其鞭之。于是，左右皆惧，遂从之。一天，商陵君观"龙"卷成球状，时又伸展如初。左右皆佯惊，称"龙"神力。商陵君大悦，将"神龙"移至宫中。是夜，穿山甲穿墙逃走了。宫报：其"龙"神力，穿石而逝。商陵君视其痕迹，悼惜不已。乃养了许多蚂蚁，等待"神龙"回来。

不久，大雨倾盆，电闪雷鸣，真龙出现。商陵君说：这是他豢养的龙回来了，命人摆上蚁宴，请龙享用。结果，真龙被激怒。认为这是对它的不恭。用雷击死商陵君并震毁宫殿。后人说，商陵君是咎由自取。

东都旱（译文）

汉献帝刘协继位四年，东都洛阳大旱，草木尽枯，池水竭干。巫师对老者说："南山水潭有灵物，可起用。"老者答："那是蛟龙，不能随便用。用它可降大雨，但也会有后忧。"然众人说："现天极旱，人如坐炉炭，朝不谋夕，谁还会考虑后果？"

于是，请巫师到潭边，祈祷蛟龙降雨。敬酒未三巡，蛟龙腾空而起，带着暴风震撼山谷。一会，雷雨交加，树木全拔，大雨三日不止。伊、洛、瀍、涧四河水全都涨满溢岸，洪流漫淹，洛阳遭了大水灾。众人始悔不听老者言。

七绝·天台国清寺

桥下双淦一脉悬，

树声竹影两婵娟。

hánɡ xìnɡ xínɡ

一行一行一行时，

黄叶丹枫已灿然。

丙子年十一月十一日·天台宾馆

一行一行一行时

【注】

国清寺：位于浙江天台县城北山麓，寺建于隋，系隋皇承天台宗创始人智者遗愿，取“寺若成，国即清”意而名。

桥：丰干桥。

淦：高下不平处的急水。

一脉悬：一行到此水西流。一行，唐一行，本名张遂，为我国古代四大科学家之一。一行天台拜师苦学数年，终于编成《大衍历》。圆寂后，按其遗愿葬于国清寺旁。唐玄宗哀痛不已，赐谥“大慧禅师”，并亲题“唐一行禅师塔”碑文。

树：隋代古树。

竹：天台国清寺内之竹，入冬仍碧绿如新出。

一行一行一行：第一个行，古二十五人为行；第二个行，德行的行；谓巡，时指往返拜谒。第三个行，唐一行。

【阅鉴】

“心恋我心为我，我恋天下之心”。

一行大师不远千里，从京都长安到浙江天台国清寺拜师学艺。

人与天地合其德，知音携手天地惊，遂成“一行到此水西流”千古佳话。

诗以“唯积至诚，结乎天心”的一如至理，给人向之所欣的倾慕启迪；勉励“行合于志”反常为之，再创盛唐雄天下的辉煌，可延华夏之美。

【诗意】

水西流的乐章

有一朵莲花接着天，
她是天的台，海的岸；
羲之的书法，是她的山泉。
李白诗韵，
滋润了山上的云锦杜鹃。
丰干、拾得、寒山造一拱桥，
干脆把山水相连。
有一年，
莲花峰的双涧溪水，
竟一脉悬西冲去。
那是一行到，
水向西流的惊叹！
呵，
人地天的共恋？
还是跨越时代的期盼？
东方人思维翩翩？
大慧禅师，
不言的禅。

【禅释】

天地交怀，醉一潭碧水，其妙不可言。

五绝·庐山杏林

江雨忽散丝，
杏林绛压枝。
云眠湖峰静，
落日借霞迟。

戊子·季春

静翠湖

【注】

庐山：位于江西九江市。

杏林：汉代董奉设馆庐山香炉峰岩下，为人治病。愈者令栽杏五株，数年计十万余而郁然成林。杏林，也逐成中医业的代名词。

湖：官亭湖。

峰：庐山峰。

云眠：云不动貌。

【阅鉴】

庐山之美在云，在于不识庐山的真面目。诗人却从风雨后的庐山，看见了庐山的静之美，犹是一幅恬静的山水画。

诗人写庐山风雨后杏林之美，用意还在借杏林之美，颂咏古时医人董奉和医德长存。

医德，医者为瞻也。以落日晚霞未迟，呼唤医格、医德回归。暗喻诙警，感融良深，更耐人寻味。

【诗意】

一

那片云，
静的绝望。
你用力打击，
天空漫步彻骨雨雪风霜！
即使这样，

我，也要落于青青草上。
岚，
大地衣裳；
我的故乡。

二

春迟繁花乱，
心清闻妙音。
伫云忽芳菲，
因君起杏林。

【禅释】

雨散勃英，霁润杏林；
杏红压枝，霙霞如杏。

七言·孤山

半坡楼台漾水波，
独峙(zhì)双湖障烟落。
销魂梅花靖鹤老，
心闲秋声不关月。

丁亥·仲秋

心清，不关月

【注】

孤山：位于西湖苏堤之西。

双湖：里西湖、外西湖。

障烟落：孤山一点横烟小。

梅鹤：林逋，居西湖孤山，植梅蓄鹤，人称“梅妻鹤子”。

秋声：秋瑾“秋风秋雨愁煞人”诗句。秋瑾墓在孤山西。

月：时指平湖秋月。

【阅鉴】

此诗说：人生“心闲”，秋声不关“圆月”。与梅妻鹤子的林逋，恰好印象孤山“心孤”之妙。

楼台半坡就，双湖水榭悠。不理孤山繁古，只写秋高天清。仿佛口头语，不加雕琢；率真之美，凌直云月。是一首迹绝悲秋之音的妙悟禅诗。

【诗意】

弥月孤山的圆

天月净孤山，
翠濛生冷烟；
浮悬吴山阁，
缥缈山外山。

楼曲倚水榭，
湖影滉三潭。
唱不完的长桥，
桥似线；
拆不断的断桥，
弧而圆。
石化三生缘。
弥月睨扁豆，
却似蝴蝶舞翩跹。
灵寺夜听蝉。

精忠岳飞秋瑾剑，
慕才亭慕道济颠。
青莲裤子，
荷衣裳，
三根藕丝捻成线。
雨中一把伞，
德泽三千年。
俗耳只忆不须禅，
越商西湖钱塘观。
罗笺寄诗不系楫，
美人如舟载君还，

虎跑冷泉黄龙吟。

情绰壮文澜，

诗瘦子陵滩。

【注】

吴山：吴山阁，与孤山对望。

三潭：三潭印月。

长桥：与孤山相望。梁山伯祝英台十八相送之地，西湖景点之一。

断桥：断桥残雪，西湖十景之一，传为白蛇与许仙定情之地。

三生石：位于孤山之西三天竺。说唐朝文人李源和僧人圆泽，同游峨眉，船经武汉南浦。圆泽忽见一负瓮汲水妇人，顿时怏怏不乐。李源惊问其故？圆泽曰：“此妇已孕三年。我不来，不得分娩。今既见，不当逃脱。此妇三日生儿。沐浴时，愿公临门。我以一笑为信。”又嘱咐：“后十三年中秋月夜，与公重逢杭州。”言毕而逝。李源既悲且疑。三日后，往其探视。那妇人果已生儿。婴儿一见李源，展眉而露笑容。十三年中秋，李源践约杭州。他徘徊莲花峰一巨石旁。恍惚一牧童骑牛缓来，唱道：“三生石上旧精魂，赏月吟风不要论；惭愧情人远相访，此身虽异性常存。”李源上前欲诉思情。牧童曰：“李公，信士也！”接着唱道：“身前身后事茫茫，欲话因缘恐断肠。吴越山川寻已遍，却回烟棹上瞿塘。”策牛，奔入烟霭月色，不知所终。

灵寺：灵隐禅寺。

慕才亭：慕名苏小小建的坟与亭。位于孤山桥西。

道济：活佛济公，又名济颠。

文澜：文澜阁，位于孤山东，平湖秋月西。

念：佛教天台宗“一念三千”观，指一心之念包容三千世间法界。

冷泉：灵隐寺前一冷泉，建有冷泉亭。

虎跑：西湖名泉虎跑泉。

黄龙：西湖黄龙洞。

子陵滩：严子陵耕云钓月处。

【禅释】

心清有三清，江浑鱼掉头。

七绝·题陈圆圆碑

才华蔽世信非虚，

几取花阑几雕几（qí）；

绮语翩跹一艳萍，

高风犹见敝衣余。

壬辰·初春·滇池

鱼儿思

【注】

阑：残，指陈圆圆“南北翩跹一萍艳，几取花残几凋阑”。

绮语：专称纤婉情词。

艳萍：昆山歌姬陈圆圆，色艺冠时。明田贵妃派其兄田畹下江南为帝觅艳。因圆圆秀容殊色，畹占已有。边境急，畹筵三桂，桂易圆圆戍边。闯王入京，桂父投闯，圆圆为闯将刘宗敏霸。桂怒叛明，引清入关。嗣携圆圆于滇，桂再叛清。圆圆“有声风雨无声泪，折斜纤腰应谁声”，悲春倚桑而逝。

【阅鉴】

歌姬色艺绝，何由关乎国？
国本在人心，人心知善恶。
事为男盗耻，玷污女贞淑！
诗歌陈圆圆，风雨中见高风，
枯蓬敝衣不貌然，是真女杰。

【诗意】

鱼儿思

一

溪水清清沱悠悠，
鱼尾欢欢红溜溜；
曲曲弯弯漂过河，
桃花落英恁自由。

二

蹦过峡谷越过坡，
携侣伴群好快乐。
细密大网拦且索，
不饵其钩维何我。

三

关攸死生与子说，
念为身网难以脱；
圆圆鲳鱼往前冲，
铮铮刀鳅向后缩。

四

我心匪鉴不以茹，
yóu
槱祷鲳鳓性自覆；
顺者不妄逆不悲，
áng
昂雷赫飞卬一搏。

【注】

沱：支流。

摽：落；坠落。

恁：如此；这样。

维：伊、缗，两股合一的丝绳。《诗经·召南·何彼襛矣》：“其钓维何，何彼襛矣。”

不饵钩、维何我：你不用鱼钩来钓我，你用什么绳子来网我。

念为身网：鲳圆不勾网，触网退而活；直冲不退，陷肉而勾。鳓利如刀，冲网网破；鳓嘴有勾，触网退而勾捕。故有“鳓该进不进，鲳该退不退”的念为身网之说。

茹：包纳。不以茹：我心不明镜，不能去容纳。

槱：堆柴点火祭天神。

性自覆：性自反思而悟。

卬：我。古时妇女自称。

【禅释】

念为身网。万物都有保护自己的能力与方法，反念却会失去这个能力。呼吁回归先天的纯粹本性。

梦泛般若原无相，露浥莲心自有香。

【辅】

五言·自致

孟冬梨花滋，
稻孙禾穗迟。
盈缩本自致，
枫霜赭艳时。

【注】

自致：自而达到。
稻孙：稻复得雨，抽余穗，谓稻孙。
枫霜：霜侵丹枫。

卜算子·平韵·杭州

银汉系胸襟，

日月双手擎。

七彩祥石幻煇(yùn)光，

龙虎骖(cān)乘行。

天道隐则灵，

人性鸿钟醒。

凡法般(bō)若统觉时，

慈净乃吾心。

乙亥·仲春

升

柔以时升，刚中而应，是以大亨。

上元复转

【注】

杭：通航，本意船。《诗·卫风·河广》：“谁谓河广？一苇杭之。”

银汉：银河，喻指西湖。

日、月：指初阳台、月轮山。

七彩祥石：唐时印度僧人在普陀山亲聆观世音菩萨说法，菩萨显七彩宝石，是以南海普陀为观世音菩萨第一道场圣地。

煇：时指佛头顶如意镜紫金光圈。

龙、虎：黄龙洞、虎跑泉。

骖：指两旁天马陪乘之。

隐则灵：喻灵隐，杭州一寺名。

般：佛教名词，般罗密，意译“智慧”。

慈净：喻净慈；杭州一寺名。

【诗意】

慈航是舟

杭州，
慈航之舟。
西子湖呵，
银河璎珞，
佩挂于你的胸前。
旭阳初升，

月轮西在；
轮转你的双手间。
飞来灵鹫峰，
上中下天竺；
七彩祥光辉幻。
护法天龙圣虎，
骖行左右，
察巡茫茫尘寰。

天道隐无言，
洪钟醒人性；
千眼悯苍生，
千手护众人；
心悟隐则灵，
大音希无声。
凡有一人受苦，
一事不平，
则为善不息。
天地净慈，
乃我真心。

【阅鉴】

杭州山水，在诗人眼里如佛塔庙，凡圣一如，名山水而非山水。这正是非山水之人文的慈心地之极至。

在山水与人文、自然与崇尚之间，诗人寻觅到了自我的实现。无苦为净，慈为与乐；非心为悲，隐而灵明。人性醒来，不正是兹兹心慈于天下吗！令所有人远离烦恼，得享快乐，正是人们孜孜追求的天堂呵。

妙！妙哉，《卜算子·杭州》。

从汉字的奥秘论亦夫的古诗词

文\李建军

我与亦夫是故交，2006年“五一”节，他陪我去浙江天台山考察，我尚不知他还热爱古诗词。后来不断看到他在杂志上发表诗词，也觉得他是闲来“小酌”，现在方知他这方面的造诣。

我是研究人体工程学的，不擅长诗词歌赋，但对它不陌生，从孩提时就背诵它，这是国人的传统。古体诗词，意境清新深邃，语言含蓄凝练，是中华文化的瑰宝。“文以载道”，“诗言志”；道、志，是思想。诗词，可作思想信息的载体；而诗词的载体是文字。古体诗词，讲究文字声韵的谐和；而字、词、句的组合奥妙无穷，是信息排列、重组、整合、叠加的结果。古体诗词，最能体现出这种信息组合的玄机；它注重声韵美与对仗美；格律要求合辙押韵，有音乐回环的节奏感；是诗与歌、音与乐的共伴互生。《尚书》说：“诗言志、歌咏言、声依咏、律和声。”音乐频率，和人的脑电波很接近；美妙音乐，能使人进入神妙状态。希腊人相信音乐是神赐予。奥费斯弹奏起阿波罗送他的七弦琴，结果使野兽平静、树木跳舞、河水停流。卢梭说：“古典音乐能在人们心灵中产生经由视觉形象所引起的那种同一情感。”古诗词就是按照格律，对歌咏信息进行声乐美与韵律美的一种组合。如，亦夫的七绝《思佳人归而知春乐鸟乐》：“春风拂柳舒葭萎，雨后清溪沚唱歌。霭泫芳梢鶺鸰返，啁啾空谷万音阿。”又如七绝《西望仙女谷》：“翠白云青望仙踪，心清水烟九霄同。空峰雪雨雁飞后，余尔杜鹃四季红。”再如词，《一丛花令·登高》：“云收望远几沙鸥，烟艇入寒波。双巍钓址情难诉，樵歌调，酒倘卖氏。峘顶垂台，昂霄紫陌，探隐问村姑。　　多情忆旧费神游，斜月黯高楼。鸿横万里浮山去，撼诗落，不需吟娥。一掬深思，风涛拍岸，闲了蓑衣儒。”读罢，声音回环，如闻钟磬之音，绕耳不绝，显现出了特殊的形态意识和强大的生命力。而现代诗歌，却丧失了这种音乐节奏和格律传承。

丰富汉字的能量场，使作者把对自然和社会的观察、体验、认识，编入自己的心理场；但汉字丰富的信息特点，决定了不同的人使用它、组合它，会产生完全不同的意境、气韵和思想。亦夫的六十四首古诗词，我每回静下心读来，都感受到了一种灵动的气场激荡，仿佛阵阵春雨渗入心田。如七绝《客宿新安江》：“淑雾笼沙锦树绵，野禽吻破一川烟。宜宾静伴江中月，人与波光两遣闲。”这是一种空灵、安适、美好的情与境，可以安定灵魂，洗涤心灵，让人从浮躁和欲望中回归原本的宁静和纯净。特别是前两句的写景，一个“吻”字如点睛之笔，一下子将山水的迷蒙幻化荡开，何等传神，何等灵动！而全部的诗词，除了这种灵动的笔触，更充满人性的追求，他将自己对生命的体悟寄托于山水间的万物，诗词就是他灵魂的牧歌，不仅给了自己宁静与纯净，也给了读者同样的享受。正如他自己说的：“我的诗，如放声林野的牧歌；送给友人，是飘转山外而回的欢乐。”这种欢乐，将伴随读者的生命感悟得到延伸，直至跨越时空而成永恒。

谨此祝贺！

（作者曾系联合国教科文组织顾问、现系中国文化研究会副会长）

文化是公器，大爱精进

文\姜昆

古诗词，是我国上下五千年灿烂文化的积淀，所谓学会唐诗三百首不会写诗肚里有的说法，不是没有道理的。所谓近朱者赤。为了让下一代对我国的古典文学有所了解，我父亲工余饭后，常把左邻右舍的孩子召聚在一起，免费为大家上课。我就是在那个时候，通读的唐诗三百首，靠那点功底儿，尔后我在写相声《诗歌与爱情》的时候，省了不少力气。

也许受毛泽东主席的教导："不宜在青年中提倡"古体诗的影响，解放后，尤其"文革"以来，学古诗词和写古诗词的人越来越少了，仅存的爱好者，真正能深谙此道以至驾轻就熟的，是凤毛麟角，微乎其微。

梁亦夫先生是位资深望重的信息科学家，是位博览群书、著作等身的一代精英。如此难以驾驭的古诗词，在梁先生的笔下迴环婉转，互为注解；字字生光，丝丝入扣；有拍有节，声情并茂；着实印证了"文如其人""诗为心声"的说法。

诗文书画印，诗为首。书画印文，目前均有很高的商业市场，唯独诗很难与商业或钱挂上钩。这也是国之瑰宝古诗词在商业时代陷入低谷的原因之一，而梁先生却为这项宝贵的非物质文化遗产，在鞠躬尽瘁，在奋进博索，我由衷钦佩他甘为文化公器而无私奉献的精进精神。

梁先生家乡在江南水乡，更具体一点说是被誉为天堂之美的西湖边上，联娅书香秀水的熏陶，使这位钟灵毓秀的江南才子对我国的古诗词情有独钟，工作再忙也没有忽略对它的关注。他的这本厚重的诗集足以证明了他的执着，他的忠爱。我想一个人，只有对一种事物有着发自肺腑的爱，久而久之才能真正的读懂它，驾驭它。说梁先生的古诗词写的好，要“读懂她”，是至关重要的。

我们的一些专家、学者、宄宄诸公，如果都能有梁先生的这种精神，何愁古诗词不发扬光大。

梁先生几十首古诗词，我通览了一遍，受益匪浅，感触颇深。待稍许静下疲奔，我一定主动登门去聆听梁先生关于古诗词方面的教诲。

（著名相声表演艺术家、中国曲艺家协会分党组书记）

久违古诗词，正是我所爱

文\吴欢

十年前，具体哪一年我记不清楚了，我应约参加了一次诗歌研讨会，出席会议的大多是当代诗歌的精英，其中，以红极一时的朦胧派为最。代表人物有北岛，也许是他的名字好记，也许是他的名气比其他人大，我能记住的也只有他了。

我爱诗，尤其那些流传千古的唐诗、宋词、元曲。小的时候在祖父、祖母、父亲的耳提面命之下，我读过不少，而且，凡是读过的我全都记住了。为了在人前显贵，父亲母亲经常在家里高朋满座的时候，让我当着亲朋好友的面，背诵几首。

走上文学创作道路之后，尽管我的专业与古诗词拉开了距离，但写字画画还是要经常与它接触。因为诗书画自古都是一家嘛。也就是说，无论从小到大，我与古诗词都有着不解之缘。

在我看来，现代诗，特别是那些像痴人说梦一样的朦胧诗，与李白、杜甫、白居易等一代诗圣的千古绝唱，绝不能同提并论，同日而语。

我的观点在那次研讨会上，引起了轩然大波，我成了那些朦胧派诗人的众矢之的。他们直截了当地问我，朦胧诗哪不好，我也直截了当地回答他们，朦胧诗哪都好，就是听不懂；他们说朦胧诗只有写诗的人自己才懂，要所有的人都懂就不叫诗了；我说你们的观点恕我不能苟同，大诗人李白、杜甫、白居易等他们的诗，哪个不懂，你敢说那些千古绝唱不是诗吗？为了让他们心悦诚服，我当场背了几首……

自那以后，我认为中国的诗歌，已被一部分人引入了误区，盲区。对此，让我感到悲观，感到失望。我担心古诗词的辉煌被那些不学无术的人给毁了。也别说，朦胧诗嚣张尘上的时候，那些热爱古诗词的人也都不知不觉地销声匿迹了。是为了避其锋芒，退避三舍，还是甘心落败，不敢与其对垒呢？总之，这些年来我没看到过一首，或者说一首地地道道的古诗词发表在哪一级刊物上。

前些天，有位朋友给我送来梁亦夫古诗词《闻春集》。这是我久违了的古诗词，也正是我之所爱。

我用百忙的余暇，依次吟读了梁先生的古诗词《闻春集》。从摆在我面前的每一首诗来看，它从意到句，从句到字，都做到了字斟句酌、精雕细刻、一唱三叹、大含细入。或借物兴起，意存双关；或超然物外，近乎悦禅；澄心观照，自得天趣，以气象胜。确实深得古诗词的底蕴，掌握了古诗词要领。是位古诗词写得很到位很出色的当代逸才。

来日，我一定带着我对古诗词的爱，去登门拜访。我相信，我们会谈得很愉快。

祝梁先生创作丰收，还古诗词以本来面貌。让我们共勉吧。

（中国政协委员、著名作家书画家、香港美术收藏家协会主席）

多么美好呵，这景象

——敬贺梁先生诗词集出版

文＼马文生

天有阴阳时空，
人分身心肉灵。
肉身处于阳之空间，就像电影的一幕幕，
心灵处于阴之时间，就像音乐的一节节。

电影表现的是理，所以需要叙述，字幕；
音乐表现的是情，所以需要声律，音符。
而浓缩电影与音乐的就是诗词。
诗词是字与声的韵律融合，
诗词是情与理的和谐表达。

梁亦夫先生学贯中西，
其诗词功底更是炉火纯青。
正如《卜算子·杭州》之下阙：
天道隐则灵，
人性鸿钟醒，
凡法般若统觉时，
慈净乃吾心。
仿佛是梁先生一生之写照。

隐的是肉身，
显的是灵魂。
洪钟之声催醒了沉睡的灵魂，
也就是人性；
此时，情占了上风。
一切由理构成的法则被弱化了，
法理组成的肉身同时也被淡化，
这也是隐则灵的道理。

灵居于时间轨道活动，
自然找到了万法归一的门道，
这就是统觉，
此时我心慈净。

多么美好的一幅景象，
这是梁先生用一生的修为，
而为我们展示的宜人意境。

（作者系环球中文国际论坛主席）

图书在版编目（CIP）数据

梁亦夫诗词 / 梁亦夫著. -- 北京：作家出版社，2014. 10
ISBN 978-7-5063-7664-8

Ⅰ. ①梁… Ⅱ. ①梁… Ⅲ. ①诗词－作品集－中国－当代 Ⅳ. ①I227

中国版本图书馆CIP数据核字（2014）第254048号

梁亦夫诗词

作　　者：梁亦夫
策 划 人：温迎燕　梁世晨
责任编辑：佳　丽
装帧设计：张晓光
篆　　刻：王京盙　张国卿
出版发行：作家出版社
社　　址：北京农展馆南里10号　　　邮　　编：100125
电话传真：86-10-65930756（出版发行部）
86-10-65004079（总编室）
86-10-65015116（邮购部）
E-mail:zuojia@zuojia.net.cn
http://www.haozuojia.com（作家在线）
印　　刷：北京信彩瑞禾印刷厂
成品尺寸：170×240
印　　张：20.25
版　　次：2016年1月第1版
印　　次：2016年1月第1次印刷
ISBN 978-7-5063-7664-8
定　　价：96.00元